MELODÍA PARA LA SEDUCCIÓN

LUCY MONROE

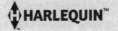

HARLEQUIN™

Editado por Harlequin Ibérica.
Una división de HarperCollins Ibérica, S.A.
Núñez de Balboa, 56
28001 Madrid

© 2010 Lucy Monroe
© 2018 Harlequin Ibérica, una división de HarperCollins Ibérica, S.A.
Melodía para la seducción, n.º 2644 - 22.8.18
Título original: The Shy Bride
Publicada originalmente por Mills & Boon®, Ltd., Londres.
Este título fue publicado originalmente en español en 2010

I.S.B.N.: 978-84-9188-367-8
Depósito legal: M-19491-2018
Impresión en CPI (Barcelona)
Fecha impresion para Argentina: 18.2.19
Distribuidor exclusivo para España: LOGISTA
Distribuidor para México: Distibuidora Intermex, S.A. de C.V.
Distribuidores para Argentina: Interior, DGP, S.A. Alvarado 2118.
Cap. Fed./Buenos Aires y Gran Buenos Aires, VACCARO HNOS.

Prólogo

EL puerto de Seattle no era tan diferente de cualquier otro puerto en los que había estado Neo Stamos, desde que se había enrolado en el carguero *Hera* a los catorce años. Sin embargo, era un puerto especial porque allí su vida había cambiado. Fue donde se bajó del *Hera* y nunca más volvió a subir a bordo.

Su amigo Zephyr Nikos y él habían tenido que mentir sobre su edad para poder formar parte de la tripulación hacía seis años. Pero cualquier cosa había valido con tal de dejar atrás su vida en Grecia. Neo y Zephyr se habían conocido en Atenas, entre bandas callejeras, y los había unido un deseo común: conseguir algo más en la vida que llegar a ser jefes de su pandilla.

«Lo conseguiremos», se juró el joven Neo, de veinte años mientras el sol salía por el horizonte.

–¿Estás preparado para el siguiente paso? –preguntó Zephyr.

–No viviremos más en las calles –dijo Neo tras asentir, viendo cómo el barco se acercaba al puerto.

–Llevamos seis años sin vivir en las calles.

–Es verdad. Aunque nuestros camarotes aquí en el *Hera* no han sido mucha mejoría.

–Sí son mejores que las calles.

Neo estaba de acuerdo, aunque no dijo nada. Cualquier cosa era mejor que vivir en las calles, bajo las reglas de la banda callejera de turno.

–Lo que está por llegar será aún mejor.

–Sí. Hemos tardado seis años, pero ya tenemos el dinero necesario para dar el siguiente paso.

Seis años de mucho trabajo duro y sacrificio. Habían ahorrado cada céntimo que habían podido de su salario y habían estado leyendo todo lo que había caído en sus manos sobre negocios y desarrollo urbanístico. Cada uno se había hecho experto en un campo diferente, para combinar su inteligencia en una alianza estratégica.

Tenían un plan detallado para incrementar su capital comprando, al comienzo, casas pequeñas y terminar realizando planes urbanísticos completos.

–Nos convertiremos en dos grandes empresarios –dijo Zephyr con convicción.

–Antes de los treinta –puntualizó Neo con una sonrisa.

–Antes de los treinta –repitió Zephyr con determinación.

Triunfarían.

El fracaso no estaba en sus planes.

Capítulo 1

ES una broma, ¿verdad? –dijo Neo Stamos, mirando un certificado que tenía estampado el logo de una organización benéfica. Su único y más viejo amigo, además de socio, Zephyr Nikos, tenía que estar bromeando, pensó.

–No es broma. Feliz treinta y cinco, *filos mou* –repuso Zephyr, recurriendo al griego, su lengua materna, que utilizaban entre ellos de vez en cuando.

–Si fueras mi amigo, no me harías un regalo así.

–Al contrario. Como soy tu amigo, sé que este pequeño regalo es muy apropiado.

–¿Lecciones de piano? –preguntó Neo y se fijó que la duración del curso era de un año. De ninguna manera, pensó–. No lo creo.

–Pues yo sí lo creo –repuso Zephyr–. Perdiste la apuesta.

Neo se quedó en silencio, pues sabía que no iba a servir de nada protestar. Una apuesta era una apuesta. Y él debía haberlo pensado mejor antes de apostar nada con Zephyr.

–Tómatelo como una prescripción médica.

–¿Prescripción para qué? ¿Para perder una hora a la semana? No me sobran ni treinta minutos –replicó Neo, negando con la cabeza–. A menos que pase algo que yo no sepa… –señaló, pensando que, a menos que se anulara alguno de sus proyectos inmobiliarios internacionales, no tendría tiempo–. No hay espacio en mi agenda para clases de piano.

–Pasa algo que tú ignoras, así es, Neo. Se llama vida y estás tan ocupado con el negocio que la estás dejando pasar de largo.

–La compañía Stamos y Nikos es mi vida.

–El plan era hacer que la compañía fuera nuestro billete a una nueva vida, no que se convirtiera en nuestra única razón para vivir –puntualizó Zephyr–. ¿No lo recuerdas, Neo? Íbamos a ser grandes empresarios a los treinta.

–Y lo conseguimos.

Habían ganado su primer millón de dólares tres años después de pisar suelo estadounidense. Habían llegado a un capital de más de mil millones de dólares cuando Neo había cumplido treinta. Y la multinacional Stamos y Nikos no solo llevaba su nombre, consumía también todas sus horas de vigilia y sueño.

–Querías comprar una casa grande, formar una familia, ¿recuerdas? –preguntó Zephyr.

–Las cosas cambian –afirmó Neo, pensando que algunos sueños eran infantiles y debían ser dejados atrás–. Me gusta mi ático.

–No se trata de eso, Neo.

–¿Entonces de qué se trata? ¿Crees que preciso lecciones de piano?

–Pues la verdad es que sí. Aunque tu médico no te hubiera advertido tras tu último examen, yo sé que tu vida tiene que cambiar un poco. Teniendo en cuenta el estrés que soportas a diario, no hace falta ser médico para adivinar que eres candidato perfecto a un ataque al corazón.

–Trabajo seis días a la semana. Un nutricionista excelente me planifica las comidas. Mi ama de llaves me las prepara a la perfección y como siguiendo un rígido horario. Mi cuerpo está en excelente forma física.

–Duermes menos de seis horas por la noche y no tienes nada que te funcione como válvula de escape para el estrés.

–¿Y mis logros?

–No son más que un modo de satisfacer tu naturaleza competitiva. Siempre estás presionándote para conseguir más.

Zephyr sabía lo que decía. Hacía dos años que había empezado a salir de la oficina a las seis en vez de a las ocho. Y, a pesar de que había adquirido algún hobby, su vida no era mucho mejor que la de Neo. Era solo un poco distinta.

–Intentar superarse no tiene nada de malo.

–Es cierto –repuso Zephyr, frunciendo el ceño–. Pero has de tener equilibrio en tu vida. Tú, amigo mío, no tienes una vida.

–Tengo una vida.

–Tienes más voluntad que cualquier otro hombre que conozca, pero no equilibras tus logros con ninguna de las cosas que dan sentido a la vida –señaló Zephyr, aunque él mismo se encontraba en la misma situación.

–¿Y crees que las lecciones de piano le darán sentido a mi vida? –preguntó Neo y pensó que, tal vez, era Zephyr quien necesitaba tomarse un descanso para no volverse loco.

–No. Creo que te aportarán un lugar donde ser Neo Stamos durante una hora a la semana y no el gran empresario. Se nos da muy bien comprar tierras, construir y venderlas. Se nos da muy bien hacer negocios. ¿Pero cuándo tendremos suficiente?

–Estoy satisfecho con mi vida.

–Pero nunca tienes bastante.

–¿Y tú sí?

–Estamos hablando de ti. ¿Cuándo fue la última vez que hiciste el amor, Neo?

–Ya no tenemos edad para contarnos secretos de alcoba, Zee.

–No quiero que me hables de tus conquistas –repuso Zephyr, sonriendo.

–¿Entonces, qué? Tengo sexo siempre que quiero.

–Sexo, sí. Pero nunca has hecho el amor.

–¿Qué diferencia hay?

–Tienes miedo de intimar.

–¿Cómo diablos hemos pasado de las clases de piano a la terapia psicológica? ¿Y desde cuándo estás dándole vueltas a esas tonterías?

–Solo estoy diciendo que tienes que ampliar tus horizontes.

–Ahora pareces un agente de viajes.

–Soy tu amigo y no quiero que mueras por culpa del estrés antes de llegar a los cuarenta, Neo.

–¿De dónde te sacas eso?

–Gregor, tu médico, me llamó para hablar conmigo el mes pasado. Opina que estás cavando tu propia tumba.

–Haré que le retiren la licencia.

–No lo harás. Es nuestro amigo.

–Es tu amigo. Y mi médico.

–De eso te estoy hablando, Neo. Tienes que buscar equilibrio en tu vida. No centrarte solo en los negocios.

–¿Y tú qué? Si las relaciones son tan importantes para tener una vida plena, ¿por qué tú no sales con nadie?

–Salgo con alguien, Neo. Y, antes de que me digas que tú también, reconozcamos ambos salir con una mujer con el único propósito de tener sexo no es tener una relación.

–¿En qué siglo vives?

–Créeme, vivo en este siglo. Igual que tú. Así que deja de comportarte como un burro y acepta mi regalo.

–¿Así sin más?

–¿Prefieres incumplir la apuesta?

–No quiero recibir clases de piano.

–Antes te gustaba.

–¿Qué? ¿Cuándo?

–Cuando vivíamos en las calles de Atenas.

–De niño tenía muchos sueños y he aprendido a librarme de ellos.

Acumular el tipo de riqueza que tenía a su disposición requería constante e intenso sacrificio, pensó Neo, y él estaba encantado de hacerlo. En el proceso, se había convertido en un hombre de provecho. No tenía nada que ver con el padre que los había abandonado cuando él había tenido dos años ni con la madre que había preferido las drogas a cuidar niños.

–Mira lo que dice el hombre que salió de las calles de Atenas para hacerse el rey de Wall Street.

Neo sintió que iba a tener que rendirse porque, para empezar, no quería decepcionar a la única persona del mundo que le importaba de veras.

–Lo intentaré durante dos semanas.

–Seis meses.

–Un mes.

–Cinco.

–Dos y es mi última oferta.

–Si te fijas, te he pagado un curso de un año.

–Pues si me gusta, lo haré completo –aseguró Neo, aunque estaba seguro de que eso no iba a suceder.

–Trato hecho.

Cassandra Baker se retocó el delicado vestido azul y blanco que llevaba, nerviosa. Que viviera como una ermitaña no significaba que tuviera que vestirse como una mujer de las cavernas. Al menos, eso se había dicho cuando había pedido su nuevo vestuario de primavera a través de una tienda de moda en Internet. Llevar ropa a la moda, aunque no la viera nadie fuera de su propia casa, era una de las pocas cosas que hacía para intentar sentirse normal. No siempre funcionaba, pero ella lo intentaba.

Con los dedos inmóviles sobre las teclas de su piano de cola, se dijo que debería tocar. Eso la relajaba. O, al menos, era lo que todo el mundo le decía.

Faltaban menos de cinco minutos para que Neo Stamos llegara a su clase.

Cuando Cassandra había ofrecido el valor equivalente a un año de clases de piano a la subasta benéfica, como hacía todos los años, había dado por hecho que el alumno sería, como siempre, algún músico principiante, deseoso de trabajar con una reconocida pianista y compositora de New Age.

Cass se soltó el pelo y se lo recogió de nuevo. Posó las manos sobre el teclado, pero no presionó ninguna tecla. Había estado segura de que, como en años anteriores, el comprador habría sido alguien que compartiera su pasión por la música. No había contado con que, tal vez, su próximo alumno no compartiría su adoración por el piano.

No había podido ni imaginar que su alumno iba a ser un novato total en música. Era toda una pesadilla para una mujer para quien era más que difícil abrirse a los desconocidos.

Intentando superar esa sensación, Cass había pasado mucho tiempo leyendo artículos y viendo fotos sobre él. Pero eso no la había ayudado, sino al contrario.

En las fotos, parecía un hombre que nunca escuchaba música. ¿Por qué iba a querer alguien así recibir clases de piano?

En la subasta, cuando las pujas habían superado los diez mil dólares, Zephyr Nikos había hecho una oferta de cien mil dólares. Era demasiado para ella… Cien mil dólares por una hora a la semana de su tiempo. A pesar de que las clases tenían una duración de un año, la puja había sido exagerada.

Poco después, Cass había recibido una llamada de la secretaria del señor Stamos para fijar el día y la hora. Acordar las clases para el martes a las diez de la mañana no había sido un problema para ella. Sin embargo, la secretaria del señor Stamos había hablado como si él fuera a tener que sacrificar a su primogénito para poder asistir.

Cass no tenía ni idea de por qué un hombre de negocios rico, atractivo y extremadamente ocupado querría recibir lecciones de piano. Y eso la hacía estar aún más nerviosa. Lo cierto era que no había sentido tanta ansiedad desde la última actuación que había hecho en público. Llevaba toda la mañana diciéndose que era ridículo. Pero no había conseguido calmarse.

El timbre sonó y Cass se quedó petrificada. El corazón se le aceleró y comenzó a respirar entrecortadamente. Intentó moverse, pero no pudo. Tenía que hacerlo. Tenía que abrir la puerta y conocer a su nuevo alumno.

El timbre sonó por segunda vez y, por suerte, Cass salió de su parálisis. Se puso en pie y se apresuró a ir a la puerta.

¿Estaría el mismo Neo Stamos en la puerta o sería su secretaria? ¿O tal vez un guardaespaldas o un chófer? ¿Hablaban los multimillonarios con sus profesoras de piano o utilizaban a sus asistentes personales para eso? ¿Habría más personas delante durante la lección? ¿Dónde los colocaría?

Solo de pensar en tanta gente desconocida en su casa, Cass se puso a hiperventilar mientras recorría el estrecho pasillo de su modesta casa, hacia la puerta.

Quizá, él estaría solo. Si había conducido él mismo, eso implicaba más problemas. ¿Le importaría aparcar su coche de lujo en aquel vecindario? ¿Debería ella ofrecerle usar su garaje?

El timbre sonó por tercera vez y Cass abrió. El

señor Stamos, que era aún más imponente en persona que en las fotos, no pareció avergonzarse de haber llamado con tanta impaciencia.

–¿Señorita Cassandra Baker? –preguntó él, expectante.

–Sí –repuso ella, inclinando la cabeza, y se obligó a decirle lo mismo que decía a todos sus estudiantes–. Puedes llamarme Cass.

–Te va más llamarte Cassandra, no Cass –repuso él con voz vibrante.

–Mis alumnos me llaman Cass.

–Yo te llamaré Cassandra –señaló él, esbozando una media sonrisa.

Ella lo miró, sin saber cómo tomarse su arrogancia. Daba la impresión de que él se sentía con el poder de llamarla como mejor le pareciera.

–Creo que será más fácil empezar la lección si me dejas pasar –indicó él con impaciencia.

–Claro… ¿Quieres aparcar el coche en el garaje? –ofreció ella, indicando hacia el flamante Mercedes aparcado ante su puerta.

–No será necesario.

–Bueno. Entremos –dijo Cass y lo guio hasta la sala del piano.

La sala albergaba poco más que su piano Fazioli. Como únicos muebles, había un gran sillón y una pequeña mesa redonda.

–Toma asiento –invitó ella, señalando el banco que había ante el piano.

Neo obedeció. Tenía un aspecto mucho más relajado ante el piano de lo que ella había esperado. Tenía un cuerpo bien proporcionado y musculoso, observó Cass. Y tenía manos fuertes, con dedos largos. Su traje era más apropiado para una reunión de ejecutivos que para tocar música. Sin embargo, él no parecía en absoluto fuera de lugar.

–¿Quieres algo para beber antes de empezar?

–Ya hemos gastado varios minutos de la hora que dura la clase, quizá sería más eficiente ir al grano.

–No me importa pasarme unos minutos de la hora, para que recibas tu lección completa –señaló ella.

–Pues a mí, sí.

–Entiendo –repuso Cass, sintiendo que, por alguna extraña razón, su ansiedad se calmaba ante los abruptos modales de él.

Lo cierto era que Cass estaba encontrando la situación mucho menos difícil de lo que había esperado.

–La próxima semana, si quieres, puedes entrar directamente, no hace falta que llames –ofreció ella.

–¿No cierras la puerta con llave? –preguntó él–. Al cerrarla, yo he echado el pestillo.

–Me sorprende que no hayas traído guardaespaldas –comentó ella, pensando que no era raro que un hombre en su posición cerrara las puertas con llave.

–Tengo un equipo de seguridad, pero no vivo perseguido por guardaespaldas. Antes de que mi secretaria te llamara, fuiste investigada –informó Neo, mirándola–. Y no presentas ninguna amenaza para mí.

–Entiendo –repuso ella, sintiéndose incómoda.

–No te lo tomes como algo personal.

–Fue algo necesario –comentó ella, que también había buscado información sobre él en Internet.

Sin embargo, Cass sospechó que la investigación de que ella había sido objeto había sido bastante más exhaustiva. Sin duda, él conocía su historia. Y sus peculiaridades, como solía decir su manager. Y, a pesar de ello, el señor Stamos no la trataba como a un bicho raro.

—Exacto —dijo él y miró su reloj de pulsera.

No era un Rolex, observó ella para sus adentros.

El resto de la hora pasó sorprendentemente deprisa.

A pesar de que él comenzó a despertar en Cass un tipo muy diferente de tensión.

Neo no entendió la sensación de ansiedad que sintió el martes por la mañana al despertarse y caer en la cuenta de que ese día recibiría su segunda clase de piano.

Cassandra Baker era tal y como le había informado su equipo de investigadores. Bastante callada y tímida. Aunque tenía algo que le fascinaba.

No se parecía a las mujeres con las que él solía salir. Tenía el pelo lacio y castaño, pecas y una figura muy delgada. Y no la habría conocido nunca de no haber sido por la intervención de Zephyr.

Zee también había sido quien le había dado a conocer la música de Cassandra. Su socio le había regalado discos de ella por su cumpleaños y por Navidad.

Neo solía escucharlos cuando se ejercitaba en el gimnasio de su casa y los ponía a veces cuando estaba trabajando con el ordenador. Hasta que había llegado un momento en que había empezado a escuchar la música de Cassandra casi todo el tiempo que pasaba en casa.

No se había fijado en quién era la artista, sino solo en la música. Ni siquiera había reconocido su nombre en el bono que le había regalado Zephyr. Hasta que no había recibido el informe preliminar de su equipo de investigadores, no había caído en la cuenta de que ella había compuesto la mayor parte de la música que a él tanto le gustaba.

Y no le gustaba solo a él. Cassandra Baker era número uno en ventas de música New Age. Neo no había esperado que una artista de tanto talento fuera, al mismo tiempo, tan modesta y sencilla.

A pesar de su sencillez, Cassandra tenía unos ojos de color ámbar impresionantes. Su expresión honesta y abierta lo cautivaba y su color era único y auténtico, a diferencia de las lentes de contacto coloreadas que solían llevar muchas de las mujeres con las que había tenido aventuras.

Fuera como fuera, Neo estaba deseando conocerla mejor. Además, ¿cuándo había sido la última vez que él se había permitido el lujo de disfrutar de una relación personal?

Cuando llegó a su casa, cuatro horas después, Neo descubrió que ella había dejado la puerta sin cerrar con llave. Le preocupó que no cuidara más su seguridad, pero le preocupó aún más el sonido de música que salía del pasillo. Lo más probable era que Cassandra ignorara que él había llegado.

Neo entró en la sala del piano, frunciendo el ceño.

—Buenos días, Neo —saludó ella, levantando la vista.

—Tenías la puerta abierta.

—Te dije que la dejaría así.

–No es aconsejable.

–Pensé que te gustaría poder entrar directamente a la clase.

Sin esperar a que ella lo ofreciera, Neo se sentó a su lado en el banco.

–No podías oírme llegar.

–No hacía falta. Tú sabes dónde está el piano.

–No se trata de eso

–¿No? –preguntó ella, mirándolo como si no comprendiera.

–No.

–Bien. ¿Empezamos donde lo dejamos la semana pasada?

Neo no estaba acostumbrado a que no escucharan su consejo. Pero, en vez de enojarse, no pudo evitar sentir admiración por el modo en que ella había retomado el tema que lo había llevado hasta allí. No era asunto suyo regañarla por dejar la puerta de la calle abierta, se dijo a sí mismo.

Neo disfrutó de la suave voz de Cassandra mientras ella lo guiaba. Su pasión por la música quedaba patente en cada una de sus palabras y en el modo en que tocaba el piano. Cualquier hombre daría un brazo por tener una amante que lo tratara con tan intensa dedicación.

Y aquel pensamiento explicaba la erección inexplicable que Neo experimentó durante algo tan inocente como una lección de piano.

Capítulo 2

CASSANDRA se tapó la boca y bostezó por tercera vez en diez minutos. Llevaba cinco semanas sin dormir bien durante la noche anterior a la clase de Neo. Al principio, había sido debido a su habitual ansiedad ante los extraños.

Pero la ansiedad había ido transformándose en anticipación. Y Cass no entendía por qué. Neo no se esforzaba en ser amistoso y, sin embargo, ella disfrutaba de su compañía. Además, él se tomaba sus lecciones en serio aunque era obvio que no practicaba durante el resto de la semana.

Sus modales podrían ser descritos como abruptos, arrogantes, se dijo Cass. Aun así, ella experimentaba en su presencia una paz que no había sentido con nadie antes. Intentó analizarlo, pero no pudo encontrar ninguna razón que explicara lo placentera que le resultaba su compañía.

Neo había empezado a mostrarse menos rígido con la regla de no perder tiempo en nada que no fuera el piano. No se quejaba cuando ella empezaba a hablar, siempre de su tema favorito, la música. Incluso le hacía preguntas inteligentes que mostraban un interés y un conocimiento inesperados.

Por eso, Cass no sintió reparos en mencionar

algo que le había estado intrigando desde su primer encuentro.

–Conduces un Mercedes.

–Sí –repuso él mientras seguía tocando las notas que ella le había enseñado.

–Y llevas un traje de diseño. Pero no llevas un Rolex.

–Eres observadora –comentó él.

–Supongo que sí.

–Pero no entiendo adónde quieres llegar.

–Había esperado que condujeras un Ferrari o algo así.

–Ah, entiendo –dijo él y sonrió.

Al ver su sonrisa, Cass sintió de pronto mariposas en el estómago. Era algo muy raro, pensó ella. Nunca había sentido algo así con ninguno de sus alumnos ni con nadie. ¡Pero qué sonrisa! Era capaz de derretir a cualquiera.

–Pocas personas son tan abiertas como para admitirlo cuando descubren lo que consideran una incoherencia en un hombre rico.

–A mí no me gustan los subterfugios –dijo ella. No solo odiaba las situaciones sociales, sino que las mentiras y las manipulaciones le producían pavor.

–Me alegro de saberlo –repuso él con una gran sonrisa.

–¿Ah, sí?

–Sí. Y volviendo a tu pregunta, si es que era una pregunta…

–Quizá, un poco entrometida, pero sí, era una pregunta –repuso ella, pensando que su acento griego era muy atractivo.

–No me molesta tu intromisión. Lo que me molesta son los paparazis que quieren conocer las medidas y el nombre de mi última novia.

–Sí, bueno… –dijo ella, sonrojándose–. Te garantizo que yo no te preguntaré esas cosas.

–No, tu curiosidad es mucho más inocente.

Y eso parecía complacerlo, observó Cass para sus adentros.

–Como respuesta, te diré que un hombre no amasa una gran fortuna malgastando el dinero en frivolidades. Mis ropas son necesarias para ofrecer cierta imagen ante mis inversores y clientes. Mi reloj es tan exacto y sólido como un Rolex, pero solo me ha costado unos cientos de dólares y no varios miles. Mi coche es lo bastante caro como para impresionar, pero no excesivo. Lo considero solo algo que me lleva de un sitio a otro.

–Tu coche no es uno de tus juguetes, como suele serlo para muchos hombres.

–Dejé de jugar con juguetes antes de salir del orfanato que nunca consideré mi hogar.

Cass había leído que él había vivido en un orfanato antes de dejar Atenas. Pero no se sabía mucho más de su infancia, que parecía envuelta por un halo de misterio.

Cass lo comprendía. Aunque su propia reseña biográfica informaba de que sus padres habían muerto, no decía nada sobre la enfermedad que había postrado a su madre. Ni mencionaba los años pasados en una casa poblada de silencio y de miedo a perder a la persona que su padre y ella más habían amado.

La muerte de su padre, víctima de un ataque cardíaco repentino, había sido noticia en todos los diarios de su tiempo. Sobre todo, porque había marcado el fin de las apariciones públicas de Cassandra Baker.

—Algunos hombres intentan reparar su infancia perdida viviendo una segunda infancia.

—Yo estoy demasiado ocupado.

—Sí, lo estás.

—Tú tampoco tuviste infancia.

—¿Por qué tomas clases de piano? —preguntó ella, que deseaba hablar de cualquier cosa menos de su infancia.

—Perdí una apuesta.

—¿Con tu socio? —inquirió ella.

—Sí.

—Si lo que dices es cierto, me pregunto por qué es tan rico como tú.

—¿Qué quieres decir?

—Se gastó cien mil dólares en unas clases de piano que tú no quieres. Eso me resulta muy frívolo.

—Sí quiero las lecciones —afirmó Neo, sorprendiéndose a sí mismo con esa afirmación.

—Me sorprende.

—Cuando era niño, quería aprender a tocar el piano. Entonces, no tuve la oportunidad. Ahora, tengo menos tiempo que dinero tenía cuando era niño.

—Aun así, has encontrado un hueco para las lecciones —observó Cass.

—Zephyr no lo considera una inversión frívola. Cree que necesito ocupar mi tiempo en algo aparte del trabajo.

—Al menos durante una hora a la semana —señaló ella. Sin embargo, comparada con los diez mil ochenta minutos que tenía una semana, no le pareció distracción suficiente.

–Eso es.

–Pero tu socio podría haberte conseguido clases con alguien por mucho menos dinero.

–Zephyr y yo creemos que es mejor contratar siempre al mejor. Tú eres una pianista maestra.

–Eso dicen –repuso ella. Y se lo habían dicho muchas veces desde que su talento musical había sido descubierto a la edad de tres años.

–Ahora te toca a ti responderme una pregunta.

–Como quieras –contestó Cass y se preparó para escuchar la pregunta que todo el mundo le hacía. Una pregunta para la que ella no había conseguido encontrar una respuesta satisfactoria.

–¿Por qué donas tus lecciones a la subasta benéfica cada año si eres compositora y pianista, no maestra?

Por un momento, Cass se quedó estupefacta porque él no le hubiera preguntado lo mismo que todo el mundo: por qué había dejado de actuar en público.

–Muchos nuevos pianistas quieren estudiar conmigo. Así les doy una oportunidad de hacerlo.

–¿Por qué?

–Porque, aunque prefiero tener una vida retirada, sin desconocidos a mi alrededor, a veces me siento sola. Y no quiero convertirme en una ermitaña –aseguró ella.

–¿Te sentiste decepcionada al descubrir que tus lecciones habían sido adquiridas por un novato?

–No, decepcionada, no. Nerviosa. Y asustada. Me preocupó tanto, que le pedí a mi manager que me ayudara a librarme de ello –confesó Cass.

–Tu manager no vino a vernos ni a Zephyr ni a mí.

–No.

–¿Y por qué estabas tan asustada? –inquirió

Neo, mirándola con atención–. Ya habías dado clases antes.

–No a un multimillonario famoso.

–Soy como cualquier hombre.

–Para ser un hombre que aprecia la sinceridad, mientes con demasiada facilidad. No es posible que pienses que eres como cualquiera.

–Eres más observadora de lo que había creído –indicó él con una sonrisa.

–No eres como cualquiera y tú lo sabes.

–Pocos hombres tienen la determinación necesaria para conseguir lo que Zephyr y yo hemos logrado –admitió él, encogiéndose de hombros.

–¿Y, sin embargo, Zephyr se preocupa porque tú estás demasiado entregado al trabajo?

–Mi médico me descubrió algunos problemas de salud en el último examen. Gregor, que es amigo de Zephyr además de mi médico, se lo contó a él.

–Te sorprendió tener problemas, ¿verdad? –preguntó Cass, segura de conocer la respuesta.

–¿Cómo lo sabes?

–Me da la sensación de que eres un hombre que se cuida físicamente, además de ocuparse de mantenerse en la cúspide del éxito. Te sorprendería mucho descubrir que algún elemento había escapado a tu control.

–Pensé que eras pianista, no psiquiatra.

–Es más fácil observar a los demás que interactuar con ellos –explicó Cass–. Es normal que alguien tan curioso como yo intente comprender a los demás.

–Pues has dado en el clavo.

–Gracias por admitirlo. Yo también aprecio la sinceridad.

—Algo importante que tenemos en común.

—Sí. La otra cosa es que los dos queremos que aprendas a tocar el piano. Volvamos a la lección —señaló ella, intentando no prestar atención a la sensación que la embargaba ante su cercanía en aquel banco.

Cass no podía explicarse su reacción ante Neo ni tenía con qué compararla. A la edad de veintinueve años, no tenía ninguna experiencia con el sexo. No había tenido tiempo para salir con nadie cuando había estado dando conciertos por todo el mundo. Después de dejar las actuaciones en público, no había salido en absoluto.

Y tampoco había sentido nunca, antes de conocer a Neo Stamos, esa extraña sensación en el vientre. Ella había leído sobre la excitación sexual, pero nunca la había experimentado. Lo que la convertía en un bicho raro a los ojos del mundo.

Cuando los pezones se le endurecían, cada vez que Neo Stamos se sentaba a su lado en el banco del piano, se mordía la lengua para no gritar. A veces, incluso le sucedía solo con pensar en él.

En ese momento, sintió que se le aceleraba el corazón y que le temblaban las piernas. Tenía que controlar sus reacciones antes de quedar como una tonta, pensó. Sin embargo, nada de lo que se dijera era efectivo para mitigar el ardor que sentía por su alumno.

Así que Cass intentó hacer lo que siempre hacía cuando las cosas se ponían difíciles: concentrarse en su música. No siempre funcionaba. Sin embargo, puso los dedos sobre las teclas y se obligó a enseñar a Neo unos acordes.

—Tocas el piano como un ángel —dijo Neo.

Su voz vibrante y profunda no hizo más que

exacerbar las sensaciones físicas que tanto intran-
quilizaban a Cass.

—Deberías oírme tocar de verdad, estos son solo
acordes.

—Quizá, algún día.

—Quizá —repitió Cass. Sin embargo, rara vez hacía ella la excepción de invitar a un oyente—. Ahora
te toca a ti.

Neo lo intentó con torpeza, hasta que Cass posó sus
dedos sobre los de él para guiarlo. Cuando sonó la alarma del reloj de Neo, él había empezado a hacerse con
la melodía y ella estaba hecha un manojo de nervios.

—Existen ejercicios que puedes practicar para dar
agilidad a los dedos —comentó ella sin levantar la
vista—. Imagino que si te sugiero que practiques durante la semana será una pérdida de tiempo.

—Estoy disfrutando más de lo que esperaba —repuso él, encogiéndose de hombros.

—Me alegro —dijo ella y sonrió—. La música es un
bálsamo para el alma.

—Puede serlo.

Tras un momento de silencio, Neo se levantó y
se miró el reloj.

—No te prometo que vaya a practicar mucho,
pero haré que me lleven un piano a mi casa. Mi secretaria te llamará para que le recomiendes uno.

La secretaria de Neo llamó, pero no fue para pedirle consejo sobre qué piano comprar, sino para
cancelar la siguiente clase. La semana siguiente, él
estaría fuera de Seattle.

Sin embargo, por desgracia para Cass, las visitas

del multimillonario a su casa no habían pasado desapercibidas para los medios de comunicación.

El martes por la mañana, Cass se despertó con el sonido de voces y coches ante su puerta. Se asomó a la ventana de su dormitorio y miró hacia la calle.

Había tres furgonetas de la televisión y un par de coches aparcados ante su casa. Alguien llamó a su puerta. El timbre siguió sonando mientras Cass se vestía a toda prisa. No tenía por qué responder. Los ignoraría sin más. Ella ya no era un personaje público. Los periodistas no tenían ningún derecho sobre su tiempo ni sobre su persona.

Alguien golpeó las puertas del balcón de su dormitorio y ella gritó. No era más que un periodista que había trepado por la fachada. Pero el pánico hizo presa en ella, inmovilizándola.

Agarró el teléfono de su mesilla de noche y llamó a su manager. Cuando le contó a Bob lo que estaba pasando, él le pidió que se calmara. La atención de los medios era buena para la venta de sus discos.

Cass no se molestó en discutir. Estaba esforzándose mucho en no sucumbir al estrés. Colgó y llamó al despacho de Neo, encogiéndose con cada llamada de los periodistas.

Le respondió el buzón de voz y Cass dejó un mensaje entrecortado y colgó.

Entonces, corrió al baño, se encerró en él y rezó por que los periodistas se fueran.

Cass seguía allí, hecha un ovillo entre la vieja bañera y la pared, cuando alguien llamó a la puerta del baño.

–¡Cassandra! ¿Estás ahí? Abre la puerta. Soy Neo.

Neo estaba fuera de la ciudad, pensó Cass. Eso le había dicho su secretaria.

–Cassandra, abre la puerta –insistió él, intentando forzar el picaporte.

Parecía la voz de Neo, pensó Cass, pero no era posible que él estuviera allí. Sin embargo, algo en su cabeza le dijo que era mejor abrir la puerta.

–Por favor, abre la puerta –pidió Neo con voz amable.

Cass hizo un esfuerzo para ponerse en pie. Tenía los músculos entumecidos.

–Ya… voy.

–Bien. Gracias. Abre la puerta.

Cass abrió la puerta. El hombre que se encontró allí delante no tenía el aspecto imperturbable tan habitual en Neo. No llevaba la chaqueta puesta y tenía un agudo gesto de preocupación.

–Yo… ellos… alguien filtró a los medios lo de tus lecciones de los martes –balbuceó Cass, frotándose la cara.

–Sí.

–Pensé que iban a entrar.

–Mejor que no lo hicieran.

Cass asintió.

–Parece que te vendría bien una ducha caliente. Te prepararé un té.

–Yo… sí, es una buena idea –repuso ella, mirando a su alrededor.

Al verse en el espejo, Cass se dio cuenta de que estaba hecha un desastre. Tenía el pelo enmarañado, los ojos hinchados, estaba pálida y tenía manchas de sudor en la camiseta. Necesitaba algo más que una ducha. Necesitaba una completa transformación.

Pero tendría que conformarse con una larga ducha caliente y un té.

—¿Estás bien? ¿Puedes quedarte sola?

—Sí —contestó Cass, mortificada por su comportamiento.

Cass no se preguntó cómo habría entrado en él en la casa hasta que hubo terminado su ducha de veinte minutos. Se secó el pelo con una toalla. Se puso ropa limpia y bajó las escaleras.

Neo la estaba esperando. Había dejado una taza de té humeante sobre la mesa.

—Bebe.

Cass se sentó y le dio un trago. Se atragantó un poco. Estaba demasiado dulce.

—¿Cuánta azúcar le has puesto?

—La suficiente. El té dulce te sentará bien. Es bueno para calmar los estados de shock.

—Pareces muy seguro.

—Llamé a mi secretaria y le pedí que se informara.

—¿Y cómo has entrado en mi casa?

—Bob me dejó entrar.

—Recuerdo que vino —admitió Cass. No había dejado entrar a Bob en el baño, pensando que su manager intentaría convencerla de que concediera entrevistas.

—Cuando yo llegué, solo quedaba una furgoneta de la televisión.

—¿Qué estás haciendo aquí?

—Dejaste un mensaje en mi buzón de voz.

–Creí que estabas fuera de la ciudad.

–Lo estaba.

Y había vuelto. ¿Para ayudarla?, se preguntó Cass, sin poder creerlo. De todos modos, se alegraba de que él estuviera allí. Miró el reloj que había en la pared y se dio cuenta de que era por la tarde.

Había pasado más de ocho horas encerrada en el baño. No era de extrañar que hubiera tenido los músculos tan entumecidos.

–Me siento como una tonta.

–No eres una tonta –afirmó Neo y se sentó a su lado–. Sufres ansiedad relacionada con actuar en público.

–Sí, pero hoy no se esperaba de mí ninguna actuación.

–¿No? ¿No es eso lo que esperan los paparazis? Nos exigen que actuemos para satisfacer el morbo de la audiencia.

–¿Crees que Bob filtró la noticia de las lecciones a los medios? –preguntó Cass.

Neo agarró una revista rosa de la mesa y la colocó ante ella. Había una foto tomada con teleobjetivo de él entrando en casa de ella.

–Creen que eres algo más que mi profesora de piano. Creen que eres mi última amante.

Cass se estremeció ante la perspectiva de ser asediada por los medios a causa de un error.

–Y, cuando los periodistas han descubierto quién eres, eso ha incrementado su interés.

–Supongo que es bueno que hayas cancelado tu clase de hoy, sino te habrías topado con ellos.

–Te pido disculpas por lo que ha pasado –dijo él–. Mi jefe de prensa lo ha desmentido todo y ha difundido los detalles de las clases, pero me temo que, tal vez, los medios tarden un poco en dejar en tema.

–No pasa nada. He sido una exagerada.

–La mayoría de la gente se sentiría intimidada por tener un montón de paparazis ante su puerta.

–Y en mi balcón.

–¿Qué quieres decir?

–Alguien trepó por la fachada e intentó hacer que abriera las puertas del balcón.

–Eso es inaceptable –señaló Neo, furioso.

–Sí. Me asusté –confesó Cass. Lo malo era que ella ya no podía distinguir entre lo que era miedo normal y lo que era resultado de su fobia social.

–Es comprensible.

–Imagino que no quieres dar clase hoy.

–Tal vez sí –contestó él, sonriendo–. Después de que hayas comido.

Neo envió a uno de sus guardaespaldas a comprar comida para llevar.

–Tu manager quería quedarse para hablar contigo, pero yo le pedí que se fuera –señaló Neo mientras comían.

–Gracias. Lo más probable era que quisiera que yo diera entrevistas.

–Eso pensé –dijo Neo.

–No estoy segura de por qué llamé a tu despacho, ahora que lo pienso. En ese momento, no estaba pensando con claridad.

–Yo me alegro de que lo hicieras. Es obvio que yo soy la causa del problema. Debo también buscar una solución.

–Neo Stamos, creo que eres un buen hombre.

Neo pareció estupefacto ante sus palabras, pero se recompuso enseguida.

–Lo tomaré como un cumplido.

No dieron clase después de cenar, pero Neo se quedó hasta las nueve, cuando el vino y el bajón de adrenalina causaron su efecto en Cass y ella empezó a bostezar.

–Necesitas descansar.

–Sí. Estoy agotada –dijo ella, riendo con suavidad.

–Claro. Duerme.

–Eso haré.

Cass pensó que él iba a besarla cuando lo acompañó a la puerta, pero Neo no hizo más que tocarle el hombro y repetirle que debía descansar.

Qué ingenua, se dijo a sí misma. ¿Por qué iba a querer besarla un hombre como Neo Stamos? Ella no era su tipo. Además, estaba su «problema».

En los últimos tiempos, había empezado a salir de casa poco a poco. De vez en cuando, iba a comprar comida a la tienda del barrio donde había ido desde niña. Y, aunque hacía casi todas las compras por Internet, también podía ir a tiendas conocidas, si lo necesitaba. Había superado también la ansiedad que le producía grabar en el estudio, siempre que los técnicos y el productor no cambiaran. Y siempre que su manager no invitara a nadie a ver la grabación.

Pero lo que había pasado esa mañana demostraba que su problema no se había solucionado. No tenía ni idea de cuánto tiempo se habría quedado en el baño si Neo no hubiera llegado. Sin duda, el saber que Bob estaba allí no había hecho más que aumentar su ansiedad, sabiendo que él iba a intentar sacar provecho de la situación.

En realidad, Cass no entendía por qué la presencia de Neo la había ayudado tanto. Pero se sentía muy agradecida por ello.

Capítulo 3

A LA mañana siguiente, Cass estaba trabajando en una composición para su nuevo disco cuando sonó el timbre. Lo ignoró. Esa mañana no habían aparecido periodistas ante su puerta y Neo había enviado una nota de prensa a los medios que había calmado los rumores. Sin embargo, siempre podía haber algún reportero intrépido que quisiera conseguir una entrevista con la «pianista reclusa».

Además, Cass no solía abrir la puerta a vendedores.

El timbre sonó de nuevo. Sus conocidos sabían que debían llamar por teléfono antes de visitarla, así que Cass decidió ignorarlo y siguió tocando.

Entonces, sonó el teléfono.

Suspirando con frustración, Cass se levantó.

—¿Hola?

—¿Señorita Baker?

—Sí —contestó Cass, reconociendo la voz de la secretaria de Neo—. Ah, ¿llama para que le recomiende un piano?

—No.

—¿No? ¿Es que el señor Stamos también va a cancelar la próxima clase? —preguntó Cass, decepcionada.

–No.

–Ah –dijo Cass y decidió esperar a que la otra mujer le explicara por qué llamaba.

Las dos se quedaron en silencio.

–El señor Stamos me ha pedido que llame a un cerrajero para que arregle la cerradura de su puerta principal y para que ponga un cerrojo adicional en la puerta de su balcón –informó la secretaria–. El cerrajero está allí, pero parece que el timbre no funciona bien.

–Sí funciona.

–El cerrajero ha llamado. Dos veces.

–No abro mi puerta cuando no espero visitas –afirmó Cass, sin molestarse en dar más explicaciones. Había aprendido que las explicaciones solo empeoraban las cosas. En especial, con gente tan fría como la secretaria de Neo.

–Si no abre la puerta, el cerrajero no podrá arreglar el problema de la cerradura.

–¿Qué problema? –preguntó Cass.

–El señor Stamos dejó instrucciones para que lo reemplazaran por un modelo de autocerrado.

–¿El señor Stamos le dio instrucciones a usted para mi puerta? –inquirió Cass, atónita–. ¿Sin informarme?

Cass sabía que a Neo no le gustaba su costumbre de no cerrar con llave para que los visitantes esperados pudieran entrar sin llamar. Ella lo hacía para recordarse que debía abrirse a la gente, al menos dentro de sus limitaciones.

–No sé nada de eso. Solo sé que me ha dejado instrucciones.

–¿Espera que deje entrar en mi casa a un perfecto extraño para que me reemplace la cerradura solo porque su jefe así lo manda?

La secretaria se quedó en silencio.

–No –dijo Cass.

–¿No? Pero el señor Stamos…

–Por favor, llame al cerrajero y cancele el encargo. Ahora mismo –ordenó Cass, interrumpiéndola.

–No puedo. El señor Stamos…

–Esta casa no le pertenece. Y yo, la propietaria, no tengo intención de reemplazar mi cerradura –señaló Cass, sintiendo que su ansiedad crecía por momentos.

–El señor Stamos se va a disgustar –advirtió la secretaria.

–Estoy segura de que el señor Stamos tiene otras muchas cosas de las que ocuparse.

–Sin duda. Pero me dejó instrucciones.

–Debía haber hablado conmigo –indicó Cass.

–El señor Stamos no suele pedir opinión a los demás.

–No me diga –replicó Cass con sarcasmo–. Cancele el encargo.

–Informaré al cerrajero de que sus servicios no son requeridos por el momento –informó la secretaria, molesta–. Y le diré al señor Stamos que ha sido a petición suya –añadió con tono helador.

–Muy bien. Y dígale a su jefe que si su cerrajero o cualquiera de sus empleados vuelve a interrumpir mis prácticas musicales, entonces tendrá que pasar la hora de su clase escuchando cómo compongo mi música en vez de tocando.

El silencio que recibió como respuesta hizo sonreír a Cass. Había sido una amenaza vana, pero se había sentido mejor al hacerla. Quizá, Neo percibiría el sentido del humor que se ocultaba tras ella.

—Le transmitiré su mensaje —dijo la secretaria al fin.

—Gracias.

Neo estaba furioso consigo mismo. Debía haber llamado a Cassandra, y haberle advertido de que iba a ir el cerrajero y haber llamado a su manager para que se ocupara de supervisar el cambio de cerradura. En vez de eso, había dejado instrucciones a su secretaria.

Sin embargo, sonrió cuándo esta le transmitió la amenaza de Cassandra. Recibir un concierto privado de la afamada pianista no podía ser ningún castigo.

De todos modos, se sentía mal. Algo a lo que no estaba acostumbrado. Igual que tampoco estaba habituado a arrepentirse de sus acciones. Por eso, decidió llamar a Cassandra en medio de una videoconferencia con los ejecutivos de Hong Kong.

—¿Hola? —respondió ella.

—Despediste a mi cerrajero.

—Lo cierto es que lo despidió tu secretaria. Yo no abrí la puerta.

—¿Por qué?

—¿Por qué no me preguntaste si quería cambiar mi cerradura?

—Tiene que hacerse. Así no tendrás que acordarte siempre de echar el cerrojo, se cerrará de forma automática.

—No me olvido. Solo lo dejo abierto cuando sé que alguien va a venir.

–Eso no mejora las cosas.

–No pienso dejarlo abierto en los próximos días si eso te hace sentir mejor. No quiero que ningún periodista se cuele en mi casa.

–Algunos lo harían, a pesar de la ley.

–Sí, la persona que trepó por mi balcón no parecía nada preocupada por la ley.

–Con lo reacia que eres a recibir extraños, eres demasiado permisiva en lo que se refiere a tu seguridad personal. Lo del cerrajero era solo un parche. Necesitas instalar un equipo completo de seguridad.

–Ni hablar –aseguró ella.

–Considéralo como un añadido a abrirme las puertas de tu casa –señaló él.

–¿Quieres decir que es por tu seguridad?

–¿Lo aceptarías si así fuera?

–Para ser un hombre honesto, se te da genial manipular a la gente.

–Gracias.

–No voy dejar que ningún extraño entre en mi casa.

–Yo era un extraño el primer día que me dejaste entrar –comentó Neo.

–No del todo. En primer lugar, me había mentalizado para recibir un nuevo alumno. Y en segundo lugar, investigué sobre ti antes de que vinieras. Por último, mi manager me dijo que, si no te daba clases, dimitiría.

–Si has superado tu miedo hacia mí, puedes enfrentarte a un experto en seguridad.

–No.

–Cassandra, no eres nada razonable.

–¿Yo? –replicó ella, riendo.

–Sí. Solo te llevará media hora, una como mucho.

–No es solo por el tiempo.

–Cassandra, piénsalo bien.

–Si estás tan preocupado, podríamos dar la clase en mi estudio de grabación –dijo ella tras un largo silencio–. Eso estaría bien.

–No quiero dar la clase en el estudio.

–Y yo no quiero que un cerrajero desconocido entre en mi casa –repitió ella, exasperada.

–Si yo estuviera allí para recibirlo, ¿aceptarías? –propuso Neo, sorprendiéndose a sí mismo por su propio ofrecimiento.

–¿Qué? ¿Tú? No, estás demasiado ocupado. No es necesario –repuso Cassandra y tomó aliento–. Mira… se lo pediré a mi manager. Él recibirá al experto en seguridad. Bob se ocupará de ello.

Entonces, Neo sintió algo muy extraño. No quería que fuera Bob quien la ayudara a hacerlo.

–¿Tú no quieres estar presente para hablar con el experto en seguridad? Como le has recordado a mi secretaria, es tu casa.

–Sí, bueno… ¿Y por qué no damos las clases en el estudio? –propuso ella de nuevo, para buscar una solución alternativa.

Ignorando la propuesta, Neo echó un vistazo a su agenda. Señaló dos citas para que su secretaria las cambiara.

–Estaré allí con el experto mañana a las diez.

–No es necesario. He dicho…

–Eres una música famosa con muchos admiradores, a pesar de que no hagas actuaciones públicas. Deberías haber mejorado la seguridad de tu casa hace mucho tiempo.

–Entiendo tu punto de vista, pero no lo comparto –repuso ella con cierta desesperación–. ¿No te das cuenta?

–Prefiero no discutir.

–Bien.

–Nos vemos mañana por la mañana.

Cass iba a protestar cuando él colgó.

Cass miró el teléfono, lo tomó en su mano de nuevo y marcó el número desde donde él la acababa de llamar.

–Si sigues discutiendo, vas a hacerme enojar –dijo él, contestando a la primera.

–Vaya –repuso Cass. Qué arrogante, pensó–. Es una norma de educación decir adiós antes de colgar. Por favor, recuérdalo la próxima vez.

–Tomo nota. Adiós.

–Adiós.

Cass le oyó reír antes de que él colgara.

Sonriendo por ninguna razón en especial, ella regresó a la sala del piano para seguir con su trabajo. Pero no fue capaz de dejar de pensar en los ojos verdes de él y, cuando quiso darse cuenta, estaba tocando una pieza de Vivaldi llena de pasión. Entonces, supo que tenía problemas.

Como había prometido, Neo se presentó en su casa a las diez en punto a la mañana siguiente. Cass se había hecho un moño francés y se había puesto un elegante vestido rosa fucsia, con una chaqueta a juego. Se sentó a esperarlo ante el piano, como siempre.

Pero no fue capaz de tocar, ni siquiera para calmar sus nervios. Neo iba a llevar a un extraño a su casa e iban a hacer cambios en la puerta. Cambios a los que ella tardaría una eternidad en acostumbrarse.

Neo tocó el timbre y probó a abrir el picaporte directamente, como Cass había esperado. Ella oyó sus pisadas acercándose. Segundos después, entró con un hombre bajo y rubio en su sala de música.

—Cassandra. Dejaste la puerta abierta. Me habías dicho que no lo harías —le reprendió Neo.

—Acabo de quitarle el cerrojo hace unos minutos. Sabía que serías puntual.

—¿Y si un atasco me hubiera hecho llegar tarde?

—Imposible.

—Soy Cassandra Baker —se presentó ella, intentando controlar su miedo irracional a los extraños—. Bienvenido a mi casa.

—Cole Geary —se presentó el hombre, tendiéndole la mano—. Es un honor conocerla, señorita Baker. Soy un gran seguidor suyo. Tengo todos sus discos.

—Señor Geary, encantada de conocerle —dijo ella y le estrechó la mano—. Me alegro de que le guste mi música. Es la alegría de mi vida.

—Es fácil adivinarlo, por la forma en que toca.

Neo carraspeó para llamar su atención sobre el tema que los ocupaba.

—El señor Stamos me ha expresado su preocupación por la seguridad de la casa. ¿Le importa si veo la casa antes de hacerle ninguna sugerencia?

—No quiero rejas en las ventanas —le espetó ella. En realidad, tampoco quería que el señor Geary, por muy amable que pareciera, viera su casa.

–Como he dicho…

–Claro –intervino Neo y posó la mano sobre la espalda de Cass–. Mostrémosle a Cole el resto de la casa.

Cass lo miró, suplicante, deseando que Neo entendiera los desagradables sentimientos que se arremolinaban en su interior. El único terapeuta que ella había aceptado, ante la insistencia de su padre, había hecho poco para ayudarla a superar su ansiedad. Aunque le había enseñado algunos mecanismos para enfrentarse a ella.

En una ocasión, el terapeuta le había explicado que su experiencia de crecer en la casa de una madre inválida, combinada con la presión de actuar desde niña, habían exacerbado lo que, de otra manera, hubiera sido un simple caso de timidez.

En la actualidad, Cass padecía una mezcla de agorafobia y fobia social que no podía controlar. Ni siquiera en situaciones tan simples como mostrarle su casa a un consultor de seguridad.

–Confía en mí, Cassandra –pidió Neo con voz firme–. Tú y yo lo haremos juntos.

–Soy ridícula –dijo ella, sintiéndose impotente para controlar sus fobias.

–Si confías en mí, verás que no hay nada que temer.

–Mi padre solía decirme lo mismo –señaló Cass. Luego, la empujaba al escenario, donde tenía que centrarse en su música para no perder la cordura, recordó.

Cass podía recordar el mar de rostros que la observaba en sus conciertos, siempre llenos de público que había acudido a presenciar en directo a la niña prodigio. Ante el recuerdo, sintió un escalofrío y un sudor frío. Porque, para ella, su música había sido siempre un refugio personal, no algo que quisiera compartir con extraños. Era una manera de esconderse de la realidad de la enfermedad de su madre y de la impotencia que su padre sentía ante ella.

–Luego puedes hablarme de ello. Pero date cuenta de que yo no soy tu padre –apuntó él.

–No –dijo Cass. Lo cierto era que los sentimientos que experimentaba en presencia de Neo eran del todo nuevos para ella–. De acuerdo. Podemos mostrarle la casa.

–Adelante –indicó Neo a Cole.

El consultor de seguridad asintió, sin lanzar a Cass esa mirada de extrañeza que estaba acostumbrada a recibir cuando no se comportaba de forma normal en una interacción social.

–Estaría bien reemplazar estas puertas por otras de metal reforzado y cristal a prueba de roturas –sugirió Cole, refiriéndose a las puertas del balcón del dormitorio.

–Neo, ¿es realmente necesario? –preguntó Cass con ojos suplicantes.

–Pasarás el día conmigo cuando estén haciendo el cambio de puertas.

Eso no era lo que Cass había esperado. Después de todo, Neo era solo su alumno, no un amigo ni su protector. De todas maneras, se sintió más segura de lo que se había sentido nunca.

Al darse cuenta de ello, se sintió un poco abrumada. Neo podía desaparecer de su vida en cualquier momento. Sus lecciones terminarían y él seguiría con su vida. Pero para ella… tal vez no sería tan fácil.

Sin embargo, quizá mereciera la pena, se dijo Cass. Hacía demasiado tiempo que no dejaba a nadie entrar en su vida y, aunque terminara sufriendo por ello, deseaba arriesgarse.

–Seguro que a tu secretaria le encantará. No le gusto nada –observó Cass con ironía para disimular el alivio que había sentido ante el ofrecimiento de él.

–¿La señorita Parks? Es una secretaria muy eficiente. No le pago para que a ella le guste o no la gente.

–Que no le pagues por ello no significa que no lo haga.

–Me he comportado de forma poco habitual en mis tratos contigo. Sin duda, eso le ha sorprendido.

–¿De veras? Hasta yo me he dado cuenta de que era algo poco común que te ofrecieras a venir esta mañana.

–Pues aquí estoy.

–¿Por qué? –quiso saber Cass. ¿Sentiría él la misma atracción que ella?, se preguntó.

No era posible que un hombre tan dinámico como Neo Stamos tolerara el cambio de estilo de vida que supondría tener una relación con ella, pensó Cass.

–Creo que estoy haciendo una nueva amiga por primera vez en muchos años.

–Ah –repuso Cass. Por supuesto que no se sentía atraído por ella, se dijo. Sin embargo, la amistad era también algo demasiado precioso como para menospreciarlo–. Es un honor.

–Tú me honras a mí con tu confianza.

–He visto lo suficiente como para hacer el informe –indicó Cole, tras carraspear.

Neo se volvió, con expresión de haber olvidado que el otro hombre estaba allí.

–Bien. Lo quiero en mi despacho mañana por la tarde.

–Por lo que usted paga, lo tendrá –repuso Cole, sonriendo.

–A mí también me gustaría ver el informe –señaló Cass.

–Claro –replicó Cole con una cálida sonrisa.

–Por supuesto –dijo Neo al mismo tiempo.

A continuación, igual que había llegado, Neo Stamos se fue con su consultor de seguridad.

Capítulo 4

CASS leyó las recomendaciones del informe de seguridad, sintiendo un nudo en el estómago.

Todo aquello no iba a poder hacerse en un solo día, ni en dos. Imaginó obreros entrando o saliendo, invadiendo cada rincón de su casa, al menos durante una semana.

Cass apreciaba el esfuerzo de Cole por proponer hacer los cambios con la mayor discreción posible, así como le agradecía que le hubiera llevado el informe en persona, en vez de enviárselo con un mensajero, como había hecho con Neo.

Sin embargo, por muy comprensivo que fuera Cole, hacer cambios en su casa le seguía produciendo gran ansiedad. Igual que le preocupaba el sistema de alarma que el informe proponía instalar en cada ventana y puerta.

Si, por accidente, Cass hacía saltar la alarma, un ruido estridente invadiría su casa y la de los vecinos. Para colmo, el sistema conectaría con una compañía privada de seguridad. Alguien en esa compañía tendría en su poder duplicados de todas las llaves de la casa.

Pero, sin duda, las sugerencias que más la inquietaban eran las que hacía el informe sobre el exterior de la casa. Cole quería cortar los lilos que su madre había plantado el año en que habían estrenado la casa. Y aquél era solo el comienzo de una lista de cambios en el jardín.

No había razón para ello, pensó Cass. Si la seguridad de Neo estuviera en juego, él aceptaría dar las clases en el estudio. Y eso le dijo cuando le llamó por teléfono minutos después.

–Ya hemos hablado de eso y no me parece bien.

–Entonces, daremos las clases en tu apartamento –sugirió Cass. ¿Por qué no lo habría pensado antes?–. Vas a comprarte un piano de todos modos. Sería bueno para ti dar la clase con el instrumento que vas a utilizar para practicar.

–¿Cuál es el problema? –preguntó Neo–. He leído el informe y creo que Cole Geary ha hecho un gran esfuerzo para minimizar el impacto de los cambios.

–Quizá, para alguien como tú esté bien así.

–Alguien como yo necesitaría un guardia armado.

–Pues no me gustaría ser tú –replicó Cass, sin pensar. Sin embargo, lo decía en serio. No podía imaginarse vivir bajo la constante observación de los demás.

–Tengo que admitir que, desde que soy adulto, es la primera vez que alguien me dice eso –dijo Neo, riendo–. Y lo más impresionante es que sé que lo dices en serio.

–La vida de un gran hombre de negocios no está hecha para mí –repuso Cass de buen humor y, poco a poco, comenzó a notar que la ansiedad se desvanecía.

–Me alegro de que seas mi amiga y no mi socia –señaló Neo, riendo.

–Estoy segura de que Zephyr Nikos también se alegra.

–No lo sé. A veces soy un socio muy exigente. Pero él también lo es.

A Cass le admiraba lo humilde que podía ser Neo después de todo lo que había logrado a sus treinta y cinco años. Sin embargo, no quería dejarse embaucar por su propia admiración.

–Yo no soy exigente, pero tampoco me gusta dejarme llevar –afirmó ella.

–Lo sé. Hace falta mucha determinación para rechazar la lucrativa vida de concertista.

–Mi manager dice que soy una cabezota.

–Claro, cuanto más dinero ganes tú, más gana él.

–Es una forma de verlo.

–Él quiere ganar dinero, como muchos de nosotros.

–Bueno, no creo que el dinero sea lo único que te motiva a ti. Me da la sensación de que eres un hombre rico a quien lo que más le gusta es ser poderoso.

–¿Eso crees?

–Sí. Llevas siempre la batuta con toda naturalidad.

–Es verdad, pero ¿por qué lo dices? –preguntó él con genuina curiosidad.

Cass rio sin poder evitarlo. Neo se quedó en silencio.

–¿Sigues ahí? –preguntó ella.

–Sí. ¿Has terminado de reírte?

–Hum… eso creo.

–También es la primera vez que me pasa esto.

–¿Qué?

–Que se rían de mí. Ni siquiera Zephyr se atreve a hacerlo.

–Oh, vamos. Si te tropiezas y te caes, ¿tu mejor amigo no se ríe?

–Yo nunca me tropiezo.

–Y supongo que tampoco te manchas la camisa de salsa en el restaurante.

–No.

–Hum… ¿Nunca has confundido la identidad de nadie de forma embarazosa?

–Nunca me confundo.

–Parece que lo dices en serio.

–Siempre hablo en serio.

–¿Incluso cuando estás negociando una compraventa? –insistió Cass.

–Nunca echo faroles.

–Ah –repuso ella–. ¿Debería disculparme por haberte encontrado divertido?

–No es necesario. Pero te agradecería que me dijeras cuál era la gracia.

–Tú.

–¿Yo soy la gracia?

–Hum… sí.

–Explícate.

–Neo, no has hecho más que mandarme desde el primer momento. Tu necesidad de mandar no es ningún secreto.

–Yo no necesito mandar –replicó él, ofendido.

Cass estuvo a punto de echarse a reír de nuevo, pero se mordió el labio para contenerse.

–Siempre quieres ser quien dicta las reglas.

–Es verdad. Y no tiene nada de malo –señaló él a la defensiva.

–A mí me parece que estás llevando demasiado lejos tu insistencia en cambiar mi casa según tus deseos. Si no te importa que te lo diga.

–Ya hemos hablado de esto. Me preocupa tu seguridad.

–Pensé que se trataba de proteger la tuya.

–El día de ayer fue molesto para ambos. Pero yo tengo guardaespaldas.

Cass no quería ningún cambio en absoluto, pero mucho menos si la razón era la vana necesidad de proteger su seguridad. Llevaba toda la vida viviendo en esa casa y no había tenido problemas.

–Piensa qué habría pasado si el periodista hubiera roto las puertas de cristal de tu balcón. Habría entrado. Incluso aunque no hubiera querido hacerte daño, te habría asustado mucho –insistió él.

–No hay razón para creer que lo de ayer volverá a repetirse.

–Eres una celebridad. Cada vez vendes más discos y cada vez tienes más seguidores. Sin duda, podría repetirse un incidente como el de ayer. Y no dentro de mucho.

Cass tembló, sintiendo náuseas solo de pensarlo.

–¿Por qué eres tan insistente?

–Es lo mejor para ti. Estoy acostumbrado a hacer lo mejor para la gente que confía en mí.

–Yo no soy uno de tus empleados.

–No importa –dijo él y suspiró, exasperado–. Cassandra…

–Nos veremos la semana que viene. Hazme saber si quedamos en tu apartamento o en el estudio. Adiós –se despidió Cass y colgó.

Cass no se sorprendió cuando alguien llamó al timbre de su casa a la mañana siguiente, antes de que hubiera tenido tiempo de tomarse una taza de café. Al mirar por la ventana del dormitorio, vio allí el coche de Neo, lo que tampoco le sorprendió.

Neo era la clase de hombre que siempre se salía con la suya. Además, estaba convencido de que ella necesitaba mejorar la seguridad de su casa.

Cass estaba bajando las escaleras cuando el timbre sonó de nuevo.

Por mucho que Cass odiara las confrontaciones, no iba a esconder la cabeza cuando era necesario. Y era necesario hacer que Neo comprendiera que no pensaba cambiar su casa para darle gusto.

Todas las palabras que Cass tenía preparadas se desvanecieron de su mente cuando abrió la puerta y vio al hombre que había ante ella. Estaba imponente con su traje de chaqueta, perfectamente peinado, y clavó en ella sus ojos verdes con intensidad.

Cass sintió que le subía la temperatura y se quedó sin aliento. ¿Por qué le producía él ese efecto?, se preguntó. Era una sensación incómoda y, al mismo tiempo, le gustaba.

Incluso cuando Neo no hacía más que intentar darle órdenes.

–¿Qué llevas puesto? –preguntó él tras unos segundos en silencio.

Sin saber a qué se refería, Cass se miró la ropa. Sí, se había puesto la bata. La seda azul le cubría desde el cuello a los tobillos con toda decencia. Estaba descalza, sí. Pero estaba en su casa y podía andar como quisiera, pensó.

–Mirar a alguien fijamente no es de buena educación –observó ella ante su mirada–. No he tenido tiempo todavía ni de desayunar –añadió.

–Yo llevo dos horas levantado –replicó él.

–Me alegro por ti –dijo Cass, calculando que Neo se habría levantado a las cinco y media–. Pero la gente normal no hace visitas hasta después de las ocho o las nueve de la mañana, y suele llamar antes.

–Ya hemos acordado que no soy un hombre normal –señaló él, levantando una ceja.

–Ser extraordinario no te da derecho a ser maleducado –le espetó Cass aunque tuvo que admitir para sus adentros que a Neo podía consentirle mucho más de lo que le consentiría a cualquier otra persona.

–Y lo dice la mujer que me colgó el teléfono ayer.

–Dije adiós.

–Te negaste a hablar de forma racional sobre la propuesta de Cole

–Quizá no sea una persona racional, pero vivo sola y no tengo ninguna obligación con nadie. Puedo dejar mi casa como está, solo porque yo quiero.

–¿Vas a ofrecerme café? –preguntó él.

Cass se dio cuenta de que era solo una táctica para cambiar de tema. Sabía que Neo estaba acostumbrado a no rendirse.

Ella se giró sin decir palabra y comenzó a caminar hacia la cocina. Él podía seguirla o no. Lo dejó a su elección.

Neo la siguió con paso decidido.

—¿Leche? ¿Azúcar? —preguntó Cass tras servir dos tazas.

—No.

Cass le tendió una taza y, en la suya, se sirvió leche y azúcar. Neo la miró con el ceño fruncido.

—¿Sueles abrir la puerta llevando solo una bata de seda que marca todas tus curvas?

Cass se quedó mirándolo estupefacta antes de pensar en una respuestas.

—Para empezar, llevo pijama debajo de la bata.

—¡Ja!

—Mira —dijo ella y se desató la bata para mostrárselo.

Cass se había comprado el pijama y la bata porque le habían recordado las profundidades del mar de Hawái.

Neo la miró con atención. El pijama constaba de una camisola y unos pantalones cortos.

—En segundo lugar, no tengo tantas curvas como para preocuparme por eso —continuó Cass, atándose la bata—. Y en tercer lugar, he abierto la puerta después de mirar por la ventana de mi cuarto y ver tu coche abajo.

—Cassandra, deberías saber que soy un hombre.

—Eso no es un secreto —contestó Cass, sin saber qué era lo que le molestaba a Neo—. Lo importante es que nunca abro la puerta a un extraño, ni en bata ni de ninguna manera.

—¿Le abres la puerta a tu manager en bata?

¿A qué venían esas preguntas?, se dijo Cass.

—Claro que no. Bob siempre me llama para avisar que va a venir y, por lo tanto, no me toma por sorpresa sin desayunar y sin ducharme.

–Bien.

–Me alegro de que des tu aprobación –dijo ella con sarcasmo–. Bebe tu café en silencio y dame tiempo a despertarme para poder discutir.

–¿Vamos a discutir?

–¿Vas a insistir en que cambie mi casa?

–Sí.

–Como es obvio que no vas a dejarme tomar el café en paz, voy arriba a ducharme y a cambiarme –señaló ella, dirigiéndose a la puerta–. Bajaré cuando me sienta más capaz de enfrentarme a ti.

–Date prisa. Nos vamos a mi oficina dentro de media hora.

–Tú puedes irte adonde quieras, pero yo no pienso apresurar mi ducha ni mi ritual de por las mañanas.

–No pienso quedarme tres horas aquí sentado mientras te arreglas.

–No pienso ir a tu oficina, Neo.

–Los obreros llegarán aquí a las ocho y media. Puedes quedarte a supervisarlos o puedes venir conmigo.

Cass se acercó a él como un torbellino y lo golpeó en el pecho.

–No voy a dejar que nadie me destroce la casa, Neo. De ninguna manera. Si alguien intenta tocar los lilos, llamaré a la policía –advirtió Cass.

–Hablemos de ello de forma civilizada –pidió Neo y la agarró de la muñeca–. Después.

–¿Después de qué?

–De que te duches y te vistas.

Cass estaba furiosa. Sin embargo, Neo parecía calmado, tolerante, incluso parecía estar divirtiéndose.

Debería echarlo de su casa, se dijo. Pero lo único que quería era ser besada por él, pensó, y aquel pensamiento la pilló del todo desprevenida.

Deseaba con urgencia ser besada por él, no había duda, reconoció Cass para sus adentros. Y no sabía cómo manejar la situación.

Neo estaba tan cerca... Solo unos centímetros separaban sus labios. ¿Cuántos?

—Veinticinco centímetros —dijo ella en voz alta.

—¿Qué?

—De distancia —contestó Cass, sin pensar.

—¿Distancia de qué? —preguntó Neo, confundido.

—No importa —repuso ella, sin poder apartar la mirada.

Cass nunca antes había sentido deseos de besar ni de tocar a ningún hombre y había asumido que carecía de sensualidad. En ese momento, sin embargo, se dijo que, tal vez, nunca hasta entonces había conocido al hombre adecuado.

—¿Qué está a veinticinco centímetros? —quiso saber él, con voz ronca.

—La distancia entre nuestras bocas —respondió ella, sin poder evitarlo.

Neo no preguntó nada más, ni se rio de ella, ni la miró como si estuviera loca. Solo inclinó la cabeza, reduciendo la distancia entre ellos, y posó sus labios sobre los de ella.

Cass se quedó paralizada. Neo Stamos estaba besándola. Y era maravilloso. Más que eso, era increíble, fabuloso, estupendo.

Su primer beso.

Una oleada de placer puro la envolvió. Los labios de Neo eran firmes y masculinos y se movían con seguridad sobre los suyos.

Cass podía oler su loción para después del afeitado, su aroma hizo que le temblaran las rodillas. ¿O fue el contacto de la lengua de él sobre los labios, pidiendo entrar en su boca?

Ella gimió, disfrutando de aquella nueva sensación. Se estremeció. Sus labios eran demasiado deliciosos. Demasiado placenteros.

Neo Stamos la tenía entre sus brazos. El hombre más guapo que había visto en su vida. Entonces, notó el contacto de los pantalones de él sobre las piernas cubiertas de seda y se estremeció de nuevo.

Él le recorrió la espalda y las caderas con las manos, acariciándola a través de la delgada y delicada tela de la bata. Y, cuando Neo le agarró los glúteos, ella gimió, abriendo los labios y dejándole entrar.

Neo la besó con más profundidad, con la habilidad de un hombre experimentado. Si besaba así a todas las mujeres, no era de extrañar que se lo rifaran.

Ni siquiera al pensar en la reforma de su casa disminuyó el ardor que Cass sentía. Nunca antes había experimentado una pasión semejante. Deseó devorarlo. Deseó hacer todo aquello que nunca había hecho y en lo que nunca había pensado antes.

Estaba con un hombre increíble, que la estaba llevando a la cima del placer con sus besos y había comenzado a tocarla entre las piernas. Gritó al sentir el suave contacto y, entonces, deseó poder estar desnuda.

Pero no quiso separar su boca de la de él para decírselo.

–No, no pares –rogó Cass cuando fue él quien se apartó.

Neo la soltó y la miró con tanta intensidad, que le hizo sentir un escalofrío.

Capítulo 5

NO debí haber hecho eso –dijo Neo, frunciendo el ceño.

–¿Por qué?

A ella le había gustado. ¿Tal vez a él no? No, él también había disfrutado o se le daba muy bien fingir, se dijo.

–Somos amigos –dijo él.

–¿Los amigos no se besan? –preguntó ella, confundida.

–No lo sé. Nunca he tenido una amiga.

–Pues ya somos dos.

–¿Nunca has tenido una amiga? –inquirió él, incrédulo.

–Nunca he tenido un amigo multimillonario –puntualizó Cass–. ¿Los amigos no se besan? –retomando el tema que más la interesaba.

–No.

–¿Por qué no?

–Las mujeres con las que he tenido sexo no han durado más de una noche en mi vida y me gustaría que nuestra amistad fuera más duradera –explicó Neo.

–Nos estábamos besando, no era sexo. ¿O sí? –preguntó ella. Aunque, si Neo se lo hubiera pedido, habría aceptado hacer cualquier cosa con él. ¡Incluso había deseado estar desnuda entre sus brazos!

–Eres tan inocente…

–Tú, no. Me parece una buena combinación.

–Ni hablar.

–Me gusta más cuando eres espontáneo.

–Bien.

–¿Bien? –repitió Cass. Los ojos de él no reflejaban que se encontrara bien.

–¿Qué podría ser más espontáneo que pasar el día juntos?

–¿Otra vez con eso?

–Tienes que ducharte –repuso él con una sonrisa–. Te prepararé el desayuno mientras.

–¿Sabes cocinar?

–No nací siendo rico. ¿Quieres un desayuno frío o caliente?

–Una tostada con mantequilla de cacahuete estaría bien –respondió Cass. Entonces, se dio cuenta de que estaba pensando en irse con él. Y más que resignada, se sentía ilusionada. Después de un solo beso. ¿Cómo era posible?

Quizá, la norma de no besarse entre amigos era mejor idea de lo que ella había creído.

–Si tocan uno solo de mis arbustos, nunca te perdonaré –advirtió Cass, muy en serio, y salió de la cocina.

Neo se sintió como si le hubieran dado un puñetazo.

Nunca había sentido nada parecido a lo que había experimentado al besar a Cassandra. No había querido parar, había sido incapaz de hacerlo. Al darse cuenta de ello, se había sentido conmociona-do, alarmado, y había reunido las fuerzas necesarias para apartar sus labios de los de ella.

Él nunca era incapaz de nada. Nunca en toda su vida había considerado que esa palabra pudiera aplicársele. Y no quería que eso cambiara. Además, no recordaba cuándo había sido la última vez que se había dejado llevar así con una mujer, y mucho me-nos tan rápidamente.

Cuando había tocado los labios de ella, Neo se había sentido cercano al clímax, algo que no le ha-bía pasado jamás, ni siquiera en su juventud. Solo por un beso. Ni siquiera le había tocado a Cassan-dra sus pequeños, pero tentadores pechos, ni había sentido el tacto de su piel desnuda en absoluto. Pero lo había deseado. Más que nada en el mundo.

Tampoco Cassandra lo había tocado a él, excep-to con sus labios. Había sido una reacción inocente y, al mismo tiempo, llena de pasión. Si no se equi-vocaba, pensó, ella era virgen.

Y aquélla era una muy buena razón para no te-ner ningún acercamiento sexual con ella. Solo se acostaba con mujeres que comprendían lo efímero de la relación, mujeres experimentadas que no con-fundirían el deseo físico con otras emociones más íntimas.

Sin embargo, nunca había mantenido una amis-tad con alguien del sexo contrario. Lo cierto era que no solía hacer amigos, como Zephyr le había seña-lado en una ocasión.

Neo no sabía lo que le atraía de Cassandra. Lo

único que sabía era que, durante las últimas semanas, había estado deseando que llegara el día de la clase de piano. No podía negarse que ella le gustaba como persona. A pesar de todas sus rarezas, era encantadora.

Le gustaba cómo parecía identificarse con él de una manera tan profunda. Ella sabía lo que era no haber tenido infancia. Comprendía el miedo, la pérdida y el hambre, aunque en su caso hubiera sido de amor y no de comida.

Su amistad era demasiado importante para Neo. No iba a ponerla en jaque por algo tan fugaz como la atracción sexual. Por muy fuerte que esta fuera.

Neo encontró una rebanada de pan y la metió en la tostadora. Luego, marcó el número de Cole.

—Geary Security —respondió Cole.

—Está de acuerdo con los cambios sustanciales dentro de la casa, pero no quiere que toquen sus arbustos.

—Pero esos arbustos ofrecen un sitio estupendo para que ladrones o acosadores se escondan.

—No hay discusión sobre el tema de los arbustos —informó Neo, recordando la expresión de ella cuando había salido de la cocina.

—Usted la convenció de que cambiara puertas y ventanas. Puede persuadirla con los arbustos. Hablaré con el jardinero y lo dejaremos para otro momento.

Neo deseó poder estar tan seguro como Cole de sus dotes de persuasión, pero, por primera vez en muchos años, se había topado con alguien tan tozudo como él. De hecho, la última vez que le había pasado lo mismo había sido con un hombre que había terminado convirtiéndose en su socio.

Había solo una palabra para describir a Cassandra cuando bajó las escaleras, vestida con un traje de chaqueta pantalón de color azul marino.

Malhumorada.

Se sentó a comerse la tostada, refunfuñando las gracias.

—Estás muy guapa —observó él. La mayoría de las mujeres que conocía apreciaban los cumplidos—. Los toques fucsia te quedan muy bien.

Y era cierto que a Neo le gustaba el pañuelo rosa que Cass se había puesto encima de la blusa blanca. Los grandes pendientes rosas también le quedaban muy bien.

—Gracias —rezongó Cass, sin sonreír.

—Me sorprende que lleves colores brillantes.

—¿Por qué? —preguntó ella, mirándolo con atención.

—Había imaginado que no te gustaría atraer las miradas de la gente —comentó Neo.

—¿Qué crees? ¿Que debería vestirme de gris y llevar el pelo recogido en una coleta?

—No —contestó él, aunque no le habría sorprendido, sabiendo lo ermitaña que era.

—No me gusta hablar con extraños, pero no soy una ermitaña sin sentido de la moda. Mi vida ya tiene bastantes limitaciones; prefiero disfrutar de las cosas que me gustan. Y resulta que me gustan los colores brillantes.

—Lo recordaré.

—No sé para qué.

Neo no supo qué decir. Cass no era una de sus amantes, a las que solía hacer regalos para compensar su falta de entrega. ¿Pero a quién pretendía él engañar? Iba a darle a Cass más de sí mismo en un día de lo que le había dado a nadie. Pretendía darle su tiempo.

—Creo que discutes por discutir.

—¿De veras? —preguntó ella con tono burlón.

Debería estar irritado, pensó Neo. Pero no lo estaba. Había cancelado casi todas sus reuniones y despejado su agenda como no había hecho en años. Iba a reducir el trabajo al máximo para poder estar con Cassandra. Después de todo, era culpa suya que ella no pudiera estar en su propia casa durante todo el día. Y eso fue lo que le dijo a ella.

—¿Y esperas que esté agradecida? —repuso Cass, sin dejar de fruncir el ceño.

—¿Podría ser?

—No.

Neo apreció su frescura y honestidad. Le gustaba que ella no se sintiera intimidada por él, como le ocurría a casi todo el mundo.

—Me contentaría con que fueras feliz.

—¿Qué más te da a ti que sea feliz o no?

—No lo sé. Quizá sea porque somos amigos.

Cass suspiró, con aspecto de estar más frustrada que molesta.

—Lo que pasa es que yo también tengo obligaciones, Neo. La música para el siguiente álbum no va a escribirse sola. Pero no puedo componer mientras un grupo de extraños está haciendo mi casa pedazos.

–Bueno, pues ambos nos tomaremos un descanso inesperado. Por un día, no pasará nada –señaló Neo.

Cass abrió la boca para hablar y la cerró de nuevo, mirándolo.

–¿Cuándo fue la última vez que te tomaste un descanso?

–Cuando di mi primera clase de piano –repuso Neo sin dudar.

–¿Y antes de eso? –preguntó ella, con un toque de compasión.

–Nunca me tomo descansos.

–¿Nunca?

–Nunca.

–Necesitas un descanso.

Eso mismo le habían dicho Gregor y Zephyr, pensó Neo.

–Por la cantidad de composiciones que has hecho en los últimos años, parece que tú también –observó Neo.

–Mi música es mi vida.

–Según mi socio y mi médico, esa actitud no es saludable –señaló Neo.

–Yo hago deporte.

Neo recordó haber visto un gimnasio en la casa de Cass.

–Y yo.

–Y como sano.

–Y yo.

–Entonces, ¿por qué están tan preocupados por ti?

–No lo sé –replicó Neo, encogiéndose de hombros–. Pero parece que no es bueno para mí obsesionarme tanto con la empresa. Por eso creo que tú también tendrías que atemperar tu obsesión por la música.

–No quiero pasarme el día siendo diseccionada por extraños.

–Eso no va a pasar.

–¿Por qué?

–Porque van a estar demasiado ocupados admirándome a mí.

Cass rio como Neo había pretendido con ese comentario.

–Me pone de mal humor que estén destrozando mi casa.

–No la van a destrozar. Cole me prometió que, cuando termines, apenas podrás reconocer que han estado allí.

–¿Cómo es posible? Vi la lista. Ni siquiera podrán terminarlo todo en un día.

–Sí pueden.

–El dinero habla todos los idiomas, ¿verdad?

–Incluso más que yo mismo.

–Yo hablo italiano, alemán y mandarín –afirmó ella con una sonrisa.

–Eres inteligente –comentó Neo. Él también hablaba idiomas, inglés, japonés y griego–. Entiendo lo del italiano y el alemán, teniendo en cuenta tu pasión por las composiciones para piano. ¿Pero mandarín?

–Me gusta cómo se escribe.

–¿Dominas los ideogramas?

–Sí, pero sigo estudiando. Tengo un amigo con quien me escribo cartas en la provincia de Hunan. Él me enseña.

–¿Sobre qué le escribes?

–Sobre música, ¿qué si no? Él toca y compone para el *guzheng*. Es una especie de cítara china. Crea composiciones muy complicadas y bellas con él.

Cass hablaba para calmar sus nervios. Seguía inquieta por tener que irse con él. Pero lo haría. Neo estaba orgulloso de ella.

–¿Cómo compartís vuestra música?

–Los dos tenemos webcams –dijo Cass y rio–. Ya sé que es patético, pero los veo más a él y a otros amigos internautas que a la gente de la calle.

–¿Te gustaría conocerlo en persona?

–Sí.

–Por supuesto, nunca has ido a China.

–Iría. Podría viajar de forma anónima. Pero no tengo a nadie con quien hacerlo.

–Entonces, ¿no es solo irte de tu casa lo que te preocupa?

Cass se encogió de hombros y no contestó.

–No te gusta que te reconozcan y sepan que eres Cassandra Baker, la famosa pianista.

–Algo así.

–Pero tampoco le abres la puerta al cerrajero.

–No.

–¿Por qué?

–Mi padre solía decirme que era demasiado tímida.

–¿Siempre fuiste tímida?

–Mi madre me contó que de niña era muy extrovertida. Por eso descubrieron mi talento musical. Siempre estaba intentando entretenerlos y aprendí piano con tres años. Tocaba de memoria la música que había escuchado.

–Es increíble.

–Eso decían mis profesores.

–¿Te pusieron profesores de música con tres años? –preguntó él, atónito.

–Mi madre enfermó y supongo que mis padres pensaron que las clases serían una manera de entretenerme y de que no demandara demasiado tiempo a mi madre.

–Eso significaría pasar gran parte del día con el piano.

–Así es.

–¿Cuánto tiempo?

–No lo recuerdo con exactitud.

–¿Más o menos?

–Un par de horas todas las mañanas y por las noches antes de ir a la cama.

–Imposible.

–Muy posible. Y eso sin contar el tiempo que pasaba practicando sola.

–Debes de estar equivocada –señaló Neo, pensando que los niños solían calcular mal la duración del tiempo.

–Eso creía yo. Sin embargo, encontré los certificados de mis clases en una caja de documentos después de que mi padre muriera y allí estaba la prueba.

–¿De qué?

–De que mis padres querían quitarme de en medio.

–Ese es un comentario muy duro.

–¿Y tú cómo terminaste en el orfanato? –preguntó Cass en tono retador.

–Mis padres no querían ser padres.

–¿Comentario duro o realidad?

–*Touché*.

–A menudo, deseé no haber encontrado aquellos

certificados. Prefería pensar que me equivocaba al recordar el número de horas que pasaba dando clase antes de tener la edad necesaria para entrar en primaria –explicó Cass y apartó la mirada, llena de tristeza–. Esperaba que deshacerme de las posesiones de mis padres fuera algo catártico.

–¿Quién te dijo eso?

–Mi manager.

–¿Y lo fue?

–Depende de lo que consideres catártico –respondió ella con una amarga carcajada–. Me obligó a enfrentarme a mi pérdida, a aceptar que nunca volverían. Y eso fue positivo, supongo –afirmó y lo miró apesadumbrada–. Pero me dolió. Mucho.

–Lo siento.

–Gracias.

–Reforzar el sistema de seguridad de la casa no es ninguna traición a tus padres.

–Lo sé.

–Pero hacer cambios te hace revivir aquellos cambios traumáticos, ¿no es así?

–Eres muy perceptivo para ser un ejecutivo agresivo –observó ella, intentando recuperar su buen humor.

–Comprender a los demás es fundamental para hacer negocios.

–Y apuesto a que a ti se te da muy bien.

–De maravilla.

–No eres muy modesto –dijo ella, riendo.

–Solo soy sincero –replicó él. Le encantaba hacerle reír–. Y ahora voy a quedar fatal si llego tarde a la teleconferencia que tengo prevista.

–¿No puedes llamar desde el móvil?

–Sí, pero hasta que no esté sentado delante de

mi ordenador, no tendré la información que necesito para hacer mis intervenciones.

—Seguro que la sabes casi toda de memoria —señaló Cass y se puso en pie para recoger su plato.

—No me gusta cometer errores.

—Apuesto a que, en tu caso, eso es poco decir —observó ella y dejó el plato en el fregadero—. Para que veas cuánto respeto tu horario, fregaré esto después.

—Yo dejé de apostar cuando mi última apuesta me hizo tener que dar clases de piano.

—¿Debería sentirme ofendida?

—No. No lamento haberme sentido obligado a aceptar las clases. Me han permitido tener una nueva amiga.

—¿De veras pensaba tu amigo que querías recibir clases de piano? —preguntó Cass, sonriendo.

—Cuando éramos jóvenes, yo quería aprender a tocar, pero no había vuelto a pensar en aquel sueño vano durante años.

—Pues ya no es un sueño vano.

—No. Además de eso, desde hace tiempo soy admirador tuyo. Aunque no lo sabía.

—¿No lo sabías? Ya me contarás cómo es eso, pero ahora vámonos porque si no llegarás tarde.

Una hora después, aún abrumada por el hecho de que Neo fuera admirador suyo y la considerara una amiga, Cass escuchaba su última composición en su MP3 y tomaba notas sobre las cosas que quería arreglar. Cuando le había dicho a Neo que había tenido trabajo que hacer, no había exagerado. Aunque no había sido cierto del todo que solo pudiera hacer el trabajo en su casa.

Hacía tiempo que Cass había decidido que no quería pasar todo el día entero sentada ante el piano, por eso había empezado a trabajar sobre sus propias grabaciones. Le encantaba su pequeño reproductor y la flexibilidad que conseguía con él. Podía escuchar sus composiciones mientras cocinaba, hacía ejercicio o practicaba en la escritura del *kanji*. O sentada en una sala de juntas vacía en el edificio de la compañía Stamos & Nikos.

Alguien la tocó en el hombro.

–¿Sí? –dijo Cass, quitándose un auricular del oído.

–El señor Stamos quería que me asegurara de que tiene todo lo que necesita –indicó la señorita Parks, la secretaria de Neo.

Era una mujer rubia, de unos cuarenta años, con el pelo recogido y vestida con un traje de chaqueta de Chanel. Por su expresión, era obvio que la señorita Parks pensaba que ocuparse de la profesora de piano de su jefe era degradante.

–Me vendría bien un poco de agua –repuso Cass en tono cortante.

Sin dedicar una palabra más a la desagradable secretaria, Cass se puso otra vez los auriculares y volvió al trabajo. Pocos minutos después, dejaron a su lado una bandeja con una botella de agua y un vaso con una rodaja de limón.

Cass levantó la mirada para darle las gracias y se encontró con que no era la señorita Parks, sino un hombre, de presencia tan imponente como la de Neo. No podía ser nadie más que Zephyr Nikos.

Capítulo 6

DE nada –repuso Zephyr, sonriendo.
–Hum… –dijo Cass, quitándose los auriculares.

–Me alegro de tener la oportunidad de conocerla en persona –señaló Zephyr con una sonrisa encantadora–. Neo no es su único admirador por aquí.

–Gracias por adquirir las clases de piano, señor Nikos –replicó Cass, tendiéndole la mano–. Me alegro de que le guste mi música.

–Zephyr, por favor. Y no me dé las gracias. Solo le ha dado a Neo unas pocas clases –señaló él y se apoyó en la mesa–. Todavía está por verse, pero mi instinto me dice que, si Neo sigue asistiendo a las clases durante un año entero, éstas valdrán hasta el último céntimo que pagué por ellas.

–Estoy aquí sentada trabajando con mi MP3 porque Neo ha metido a un equipo de obreros y expertos en seguridad para que echen abajo mi casa. Sé que no va a ser un alumno fácil de llevar.

–Están reemplazando unas cuantas puertas y ventanas, eso no es echar abajo tu casa –intervino Neo, detrás de Cass.

–¿Ya has terminado la reunión? –preguntó Cass mirando hacia atrás.

–Sí –contestó Neo y miró a Zephyr, levantando una ceja–. Pensé que tenías la mañana muy ocupada, Zee.

–Tenía un minuto libre y pensé aprovechar para conocer a Cassandra Baker.

–Ella no está aquí para hacer vida social –replicó Neo, irritado–. Ha aceptado pasar el día conmigo mientras mejoran la seguridad de su casa. No ha venido aquí para entretenerte.

–No te preocupes, no voy a hacer que traigan un piano de cola para que me dé un concierto –se burló Zephyr, sorprendido por el ímpetu protector de su socio.

–Si lo hubieras hecho, podría haber adelantado más mi trabajo –señaló Cassandra con buen humor–. Mi MP3 tiene sus límites.

–Puedes permitirte tomarte un descanso del trabajo –indicó Neo con gesto serio.

–Viniendo de ti, esa afirmación me parece insólita –comentó Zephyr, atónito.

–Hoy he cancelado algunas citas de mi agenda.

–Lo sé –replicó Zephyr y miró a Cass con curiosidad–. Es una de las razones por las que quería conocer a esta talentosa dama. Sabía que era una pianista genial, pero no sabía que fuera tan trabajadora.

–Lo que soy es un poco rarita –señaló Cass–. Neo nunca me habría sacado de mi casa si no hubiera sido casi a la fuerza –añadió, sin mencionar el beso que había sido decisivo.

–No eres rarita. Tienes problemas de agorafobia y no se debe hablar de ello a la ligera. Es algo que debe tratarse con la seriedad y el cuidado que merece.

–Parece como si lo hubieras leído en un libro –dijo Cass. Entonces, adivinó que así había sido–. Has investigado sobre mi problema.

Neo se encogió de hombros y Zephyr miró a su amigo con gesto serio, lleno de incredulidad.

–Tenga cuidado –advirtió Zephyr, mirando a Cass–. Neo tiende a tomar el control de todo lo que cae en sus manos.

–¿Crees que no me había dado cuenta? –dijo Cass.

–Creo que tienes cosas mejores que hacer que quedarte aquí charlando, socio –le espetó Neo a Zephyr.

–¿Vas a negar que ya tienes un plan de curación para la agorafobia de la señorita Baker? –preguntó Zephyr, haciendo caso omiso de su indirecta.

–Mis investigaciones aún no han llegado a ese punto.

–Solo porque me convencieras para mejorar la seguridad de mi casa, no te atrevas a pensar que voy a asistir a ninguna terapia antifobias. Ni hablar –afirmó Cass, con el corazón acelerado. Ella ya había asistido a terapia y no le había sentado nada bien.

–¿Ya lo has probado?

Cass asintió.

–¿Y no te fue bien?

–Sigo negándome a abrirle la puerta a un extraño, ¿no?

–Eso es solo un acto de precaución –intervino Zephyr con gesto de aprobación.

Cass sonrió agradecida. Muy poca gente se esforzaba por hacerla sentir normal.

–Quiero que me des detalles de los intentos que hayas hecho de superar el problema en el pasado.

–¿Bromeas?

–Te aseguro que no.

–Neo no tiene mucho sentido del humor –comentó Zephyr, meneando la cabeza como si tuviera lástima por su socio.

Neo apretó la mandíbula y lanzó una mirada asesina a su amigo.

–Solo digo la verdad –señaló Zephyr, levantando las manos en señal de rendición.

–Dentro de un minuto, voy a demostrarte el poco sentido del humor que tengo –amenazó Neo.

–Bueno, si me amenazas, me voy –repuso Zephyr y se dirigió hacia la puerta–. Encantado de conocerla, señorita Baker.

–Cass, por favor.

–Encantado de conocerte, Cass –repitió Zephyr con una sonrisa–. Que te diviertas en tu día libre –le dijo a Neo, guiñando un ojo.

Neo le respondió con un grosero gesto de la mano.

Cass soltó un grito sofocado al verlo y empezó a reírse cuando Zephyr cerró la puerta tras él.

–Lo siento. No debería haber hecho eso delante de ti.

–Por si no te habías dado cuenta, me ha hecho gracia, no me ha ofendido –contestó ella, sonriendo–. Me gusta ver cómo os lleváis.

–¿Por qué?

–Porque es una faceta tuya que no sueles mostrar.

–¿Y qué?

–Es justo que yo la conozca. Tú has investigado

sobre mí y sabes cosas que no suelo compartir con nadie.

—¿Y tú crees que deberías conocer también cosas personales sobre mí?

—Eso es.

—Eres una buena negociadora, Cassandra.

—Debo serlo –señaló ella–. He conseguido que te tomes un descanso por mi causa, aunque no era mi intención distraerte de tus ocupaciones.

—Por cierto, tengo el resto de la mañana libre.

—No es necesario que te ocupes de mí. Tengo mi MP3 y mi cuaderno de notas para trabajar –afirmó Cass, un poco avergonzada por haberse mostrado tan malhumorada en su casa–. Y esta sala es agradable y tranquila, sin distracciones… excepto la de tu socio.

—Él me compró mi primer disco tuyo. De hecho, me los ha ido regalando todos a lo largo del tiempo. Me avergüenza admitir que nunca me molesté en ver quién era la artista para poderlos comprar yo mismo. Pero escucho tu música todos los días.

—Eso explica que no supieras que eras admirador mío.

—Así es.

— Yo amo la música, como sabes. Si alguna composición me gusta, siempre intento averiguar quién es el artista que la creó y que la toca.

Neo se encogió de hombros. Realmente, parecía sentirse avergonzado.

—Eh, no pasa nada. Yo no tengo ni idea de quién construyó mi casa, pero seguro que tú sí.

—Estaba en el informe de seguridad.

—Me salté esa parte.

—¿Intentas hacerme sentir menos idiota?

–Claro que sí. ¿Lo estoy consiguiendo?

–Sí.

–Así que te has tomado el resto de la mañana libre –comentó ella. Pensó que había sido un gran paso para él decidir descansar de su trabajo.

–Pensé que podría aprovecharme de la situación y pedirte que me acompañaras a comprar un piano. ¿Qué te parece?

–Ya –dijo ella y se mordió el labio, pensando si, a pesar de sus fobias, sería capaz de salir de compras con él. Si quería que Neo olvidara sus obligaciones por un tiempo, tenía que hacerlo, se dijo. Para ella no iba a ser una mañana fácil, pero, si no iban a centros comerciales llenos de gente, tal vez podría mantener a raya su ansiedad.

–En Internet.

–¿Qué?

–Iremos a mi casa y haremos las compras en Internet.

–¿De veras? ¿No te importa? Deberías probar un piano antes de comprarlo.

–Si envío a uno de mis empleados a comprármelo, tampoco lo voy a probar yo.

–Sí, pero, ya que confías en mí, tengo que insistir en ello. Sin embargo, podemos afinar la búsqueda si, antes de ir a probarlo, buscamos en Internet y hacemos algunas llamadas.

–Suena bien –repuso él, complacido.

–Adelante –dijo ella, poniéndose en pie.

Entonces, se abrió la puerta y entró su secretaria.

–Señor Stamos, Julian de París está al teléfono.

–Hable usted con él.

–Pero señor Stamos…

–Ya le he dicho que voy a tomarme la mañana libre.

La secretaria miró a Cass frunciendo el ceño y, luego, con odio, al darse cuenta de que no había tocado la botella de agua que le había preparado.

–Me la llevaré –dijo Cass, agarrando la botella de agua.

–Tengo agua en mi casa –replicó Neo.

–No hay por qué malgastar esta –señaló Cass. No quería que la otra mujer la odiara más todavía.

–Como quieras –indicó Neo y miró a la secretaria–. No haga esperar a Julian, señorita Parks.

La secretaria asintió y salió sin decir palabra.

–¿Llamas a tu secretaria señorita Parks?

–Así se llama.

–Me sorprende que no os llaméis por el nombre de pila.

–Lleva trabajando conmigo seis años y así es como ella lo prefiere –afirmó Neo, como si a él le diera igual llamarla de un modo u otro.

–¿Todos tus empleados te llaman «señor Stamos»?

–Sí, creo que sí. ¿Por qué? –preguntó él, frunciendo el ceño.

–¿Y la secretaria de Zephyr lo llama «señor Nikos»?

–No. ¿Por qué?

–Tú mantienes la distancia con la gente más que él.

–Que Zephyr piense que no tengo amigos, no quiere decir que sea cierto. Tú eres mi amiga, ¿no?

–Sí.

–Lo dices como si no estuvieras segura. Creí que ya habíamos acordado ser amigos.

–Lo somos.

–¿Pero?

–Eres un hombre muy autoritario.

–No se consigue lo que tengo siendo un blando.

–No, supongo que no.

–Eso no quiere decir que siempre tenga que hacerse todo a mi manera. Estoy dando clases de piano, ¿no?

–Sí –afirmó Cass. Y se había tomado la mañana libre cuando nunca lo hacía, solo para que ella estuviera a gusto. A pesar de su autoritarismo, Neo tenía las cualidades de un buen amigo–. ¿Dónde está tu casa?

–En la planta alta del edificio. Zephyr y yo tenemos nuestros pisos en el ático.

–Teniendo en cuenta el tamaño del edificio, deben de ser grandes.

–Parte de la planta está ocupada por la piscina y el gimnasio.

–¿Tienes una piscina?

–La compartimos Zephyr y yo.

–Vaya. Yo había pensado instalar una en mi patio, pero no me quedaría espacio para el jardín y solo podría usarla unos meses al año.

–El clima de Seattle no permite nadar todo el año al aire libre.

–En Grecia es diferente.

–Pero vivir aquí tiene sus compensaciones.

–Me alegro de que te guste.

–¿Sí?

–Sí, si no, no tendría un amigo nuevo.

Neo sonrió.

–De todas maneras, envidio tu piscina.

–Al fin hay algo que envidias de mi posición de millonario –repuso él, riendo.

–Bueno, yo también soy admiradora tuya –afirmó ella. Sobre todo, de sus besos, pensó.

–Sí, claro.

–Lo digo en serio. Eres un gran tipo.

Neo rio, aunque Cass no entendió por qué.

–No sabes lo refrescante que me resulta hablar contigo.

–Gracias.

–En cuanto a la piscina, puedes nadar en la mía siempre que quieras. Te daré una llave de la última planta.

Neo no sabía lo tentadora que era aquella oferta. A Cass le encantaba nadar, pero las piscinas públicas le producían demasiada ansiedad.

–Gracias –repuso ella, agradeciendo sinceramente su generosidad.

–De nada. Para eso están los amigos.

Sonriendo, Cass lo siguió al ascensor privado que conectaba con su casa.

Encontrar un piano resultó más fácil de lo que Cass había previsto. Habían tenido suerte con su primera llamada de teléfono. Ella había llamado a su propio proveedor, con pocas esperanzas de que tuvieran algo en el almacén. Pero había resultado que acababan de recibir un Steinway de cola.

–Es un poco extravagante, pero el precio y la disponibilidad inmediata son muy tentadoras –le dijo Cass a Neo después de colgar–. Y tienes espacio para él en tu salón.

El piso de Neo era enorme y estaba amueblado de forma bastante espartana.

–Un piano de pared sería mucho más barato.

–Sí, pero no suena igual de bien. Si quieres aprender a tocar el piano en serio, deberías practicar con un instrumento de calidad.

–Te encanta ese piano.

–Sí. Un Steinway es algo serio y realmente lo venden muy barato.

–Estás muy animada. Me gusta verte así.

Cass se sonrojó.

–¿Podemos ir a probarlo, como querías? –preguntó Neo.

–Podemos ir hoy a cualquier hora.

–¿Dónde está la tienda? –preguntó Neo, mirándose el reloj.

Cass le dio una dirección, al oeste de Seattle.

–Si vamos ahora, podemos volver a tiempo –señaló él.

–Creí que te habías tomado la mañana libre.

–Así es, pero tengo una reunión por la tarde.

–Terminaremos mucho antes.

–Eso creo.

–Entonces, ¿por qué las prisas para estar de regreso? –preguntó Cass, confundida.

–Para comer. La comida estará lista a las once y media.

–Un poco pronto, ¿no?

–Yo he desayunado a las seis y media y tú solo una hora después.

–Me sorprende que tu nutricionista no te recomiende un tentempié a media mañana y la comida más tarde.

—Es lo que suelo hacer habitualmente, pero hoy es un día especial —contestó Neo—. ¿Y cómo sabes que tengo un nutricionista? No recuerdo habértelo mencionado.

—Lo he adivinado —afirmó Cass y se encogió de hombros—. Sé que te preocupa mantenerte sano y que, cuando no tienes tiempo para ocuparte de algo, pagas a alguien para que lo haga.

—No se pueden hacer negocios cuando se está en cama.

—Seguro que tú sí lo haces.

—No de forma tan eficaz. Y Zephyr se pone muy paternalista conmigo cuando trabajo estando enfermo.

—Apuesto a que tú haces lo mismo con él.

Neo se encogió de hombros.

—Sois tal para cual —comentó ella, sonriendo.

—Solo sabemos en quién podemos confiar.

—El uno en el otro.

—Sí.

—¿En nadie más?

Neo no respondió, pero no hizo falta. Cass sabía que aquellos dos hombres habían aprendido a edad temprana a no confiar con facilidad. Y eso convertía el hecho de que Neo la considerara su amiga en algo incluso más sorprendente.

Cass no recordaba haberse sentido tan aceptada nunca, ni siquiera con sus propios padres.

Neo nunca había estado en una tienda como la que visitó con Cass. Era una casa victoriana reconvertida, todo el piso de abajo había sido remodelado como escaparate de pianos e instrumentos de viento.

Cass tomó una flauta y tocó una hermosa melodía que dejó a Neo hipnotizado.

—Creí que no te gustaba actuar delante de la gente —señaló él cuando Cass dejó la flauta.

—No ha sido una actuación, solo es una flauta —replicó Cass, sonrojándose y mirando a su alrededor.

—Ha sonado precioso.

—Gracias, pero solo estaba jugando con la flauta.

—Creí que solo tocabas el piano.

—Soy solo una principiante con la flauta. También quería aprender guitarra, pero mis padres me desanimaron. Me dijeron que debía concentrarme en el piano.

—Si eso es ser principiante, me pregunto qué podrías haber conseguido si hubieras estudiado otro instrumento además del piano.

—Gracias. Me gusta cómo suenan las flautas —dijo ella, sonriendo.

—Creo que, en tus manos, cualquier instrumento suena bien.

—Adulador.

—En absoluto.

—Me encanta la música.

—Tus composiciones lo demuestran.

—¿De veras escuchas mis discos?

—Todos ellos. No me pidas que escoja mi favorito porque, por muchas veces que los escuche, mis preferencias cambian casi a diario.

Cass se sonrojó y apartó la mirada. Se dirigió hacia la habitación insonorizada donde los esperaba el piano que iban a probar.

—Supongo que estás acostumbrada a recibir halagos.

–La verdad es que no. Como no actúo en público, no sé qué piensan mis admiradores. Y, cuando actuaba, mi padre y mi manager no me dejaban hablar con la gente normal que disfrutaba de mi música, solo me obligaban a recibir a los mecenas ricos y a los productores.

–Pero debes de recibir cartas –insistió él, retomando el tema.

Casandra se sentó ante el piano, acariciándolo como si fuera un querido amigo.

–Algunas. Los fans solo tienen la dirección de mi estudio de grabación. Allí hay una persona encargada de responder los correos electrónicos y me entrega las cartas un par de veces al año.

–Supongo que la demanda que tiene tu música habla por sí misma.

–Eso es lo que yo me digo.

–¿Lo echas de menos?

–¿Qué? –preguntó ella, levantando la vista para mirarlo.

–Actuar.

–No –negó ella y se estremeció, con gesto de desagrado.

–¿No te gustaba nada?

–Lo odiaba. Lo único que quería era estar en casa con mi madre, no en la carretera con mi padre o con un tutor. Sabía que ella estaba enferma y, cada vez que me iba de gira, temía no poder volver a verla.

–Siendo tan niña, ¿sabías que estaba muriéndose?

–Sí –afirmó ella, llena de tristeza–. Como cualquier niño, tenía mi propio sentido de la lógica y

pensaba que, si yo estaba en casa, mi madre no mo-
riría –explicó y se estremeció de nuevo–. Nunca ol-
vidaré lo mucho que odiaba actuar delante de gru-
pos de extraños, que luego me acosaban después de
los conciertos. Incluso después de que mi madre
muriera, seguí odiando la experiencia.

–Tu padre te presionaba para que siguieras ac-
tuando.

–Incluso cuando mi madre estaba muy, muy enferma. Justo como yo había temido, ella murió cuando yo estaba de gira en Europa. Tenía diecisiete
años. No me lo dijeron hasta dos días más tarde. Mi
padre me mentía cuando intentaba hablar con ella
por teléfono. Mi madre había estado tan débil, que
yo lo había creído cuando, cada vez que los llamaba,
mi padre me decía que ella estaba descansando.

Capítulo 7

ESO es monstruoso! —exclamó Neo, y sintió deseos de golpear algo. ¿Cómo era posible que hubieran cometido tantas atrocidades con esa mujer?, se preguntó—. ¿Por qué hicieron una cosa así?

—No querían estropear las últimas actuaciones de la gira. Mi padre y Bob decían que yo les debía a mis admiradores lo mejor de mí misma.

Neo maldijo en griego.

—Exacto. Mi padre se concentró en mi carrera para huir de su dolor —señaló ella, sonriendo un poco.

—¿Y tú?

—La música fue mi salvación.

—Pero la odiabas.

—La música no, solo los conciertos.

—¿Por eso cuando tu padre murió dejaste de torturarte a ti misma?

—Así lo veo yo. Bob cree que me estoy refugiando en casa de mis padres porque no acepto su muerte.

—¿No fue él quien te convenció de que te deshicieras de sus pertenencias personales? —preguntó Neo, pensando que Bob no le gustaba nada.

—Sí, pero eso no me hizo cambiar de parecer respecto a las giras. La idea de actuar en un escenario ante una sala abarrotada sigue dándome ganas de vomitar.

–No te preocupes, yo nunca te pediré que actúes para mí.

–No me importaría tocar para ti –replicó Cass, con ojos alegres.

De pronto, Neo se sintió abrumado y honrado por aquella afirmación. Ocultando su momentánea debilidad, se sentó junto a ella en el banco del Steinway.

–¿Tocarías para mí?

–Para eso son los amigos –repuso ella, repitiendo las palabras que él le había dicho antes.

–Me encantaría.

–Pues eso está hecho –señaló Cass y sonrió. Bajó la cabeza–. No sabía si querrías, pero yo sí. De hecho me apetece mucho. Me gustaba mucho tocar para mis padres.

–Es un honor. Lo estoy deseando.

Sonriendo, Cassandra se concentró en el piano que tenía delante. Comprobó que la puerta de la habitación insonorizada estuviera cerrada y tocó una breve pieza musical.

–¿Y bien? –preguntó Neo.

–Intenta tocar tú –invitó Cass tras un silencio.

Neo tocó los acordes que ella le había enseñado en la primera clase.

–¿Qué te parece?

–¿Suena bien? –preguntó él a su vez, titubeante.

–¿Te parece que las notas tienen un sonido natural?

–Me parece que suenan bien –contestó él tras pensar un momento.

–Un piano de cola siempre suena mejor que uno

de pared –dijo ella y le dio una palmadita al Steinway–. Aunque nada puede compararse a un gran
piano de conciertos como el mío.

–Me estás diciendo que no suena tan bien como
el tuyo.

–Comprar un Fazioli para un principiante sería
una extravagancia excesiva y tú me dijiste que no te
gusta gastar el dinero de forma indiscriminada.
Además, tienen una larga lista de espera.

–¿Un Steinway no es una extravagancia? –preguntó él, sonriendo.

–No por el precio que lo venden.

–¿Entonces nos van a hacer un buen precio? –
propuso él, maravillado.

–Ya te dije que sí. Muy bueno –contestó Cass y
le dijo cuánto dinero ahorraría.

–Sabía que era buena idea traerte conmigo –observó Neo, satisfecho.

Cass rio y tocó una sencilla melodía infantil,
como si no pudiera tener los dedos quietos ante un
instrumento afinado.

Neo llamó al vendedor y le entregó su tarjeta de
crédito.

–Nos lo llevamos. Puede arreglar el envío con
mi secretaria. Esta es mi tarjeta. Llame a ese número y le atenderá directamente.

–Muy bien, señor Stamos. Enviaremos un afina-
dor de pianos al mismo tiempo para que pueda tocarlo nada más tenerlo en casa.

–Bien –dijo Neo.

El vendedor salió de la habitación con la tarjeta
de crédito de Neo, pero ni Neo ni Cass se movieron
del banco.

—Hacía años que no compraba un piano nuevo.

—¿Y quieres hacerlo?

—¿Y reemplazar mi Fazioli? Nunca. Pero tal vez compre nuevas partituras para mi flauta.

—Así que te has decidido a tocar un segundo instrumento.

—Soy solo una principiante. Pero sí, me he decidido. Si puedo aprender idiomas y sacar tiempo para hacer Tai Chi, ¿por qué no tocar un segundo instrumento como pasatiempo?

—Zephyr dice que yo no tengo pasatiempos.

—No te preocupes —señaló ella y le dio una palmadita en la espalda–. Ahora, sí. Tocar el piano.

—Sí.

—Practiquemos algunas notas.

—¿Aquí?

Cass miró a su alrededor. Estaban solos en esa habitación y no había visitantes en la tienda.

—¿Por qué no?

—¿No es como actuar?

—Aquí nadie puede oírnos.

—Eres una adicta. Eso es lo que pasa, ¿no? ¿Echas de menos tu piano?

—Haremos un trato. Tú aprendes dos acordes y yo toco una breve pieza de mis últimas composiciones.

—¿Aquí?

—¿Dónde si no? Está insonorizada y podemos cerrar las cortinas para tener más privacidad. Ahora no es posible regresar a mi casa.

—Podríamos, pero prefiero que no vuelvas a la escena del crimen hasta que hayan limpiado la última mota de serrín. Así que enséñame esos acordes.

Neo no pudo creer lo mucho que disfrutaba

aprendiendo con ella. Nadie los interrumpió. Ni siquiera el vendedor, que solo entró para dejar el recibo y la tarjeta para que Neo firmara y, luego, salió sin hacer ruido.

–De acuerdo, creo que ya lo tengo –dijo Neo tras tocar los acordes varias veces–. Ahora te toca a ti.

–De acuerdo –señaló Cass, y empezó a tocar una pieza de uno de sus primeros discos.

Era uno de los temas favoritos de Neo, que escuchaba en silencio cómo ella tocaba solo para él. No era una pieza larga ni complicada, así que se terminó demasiado pronto.

–Esto ha sido solo un calentamiento –avisó ella.

Cass iba a tocar una nueva composición. Solo para él. Mientras sus dedos bailaban sobre el teclado, él supo que aquel disco iba a ser un éxito total.

–Es bonito, ¿verdad? –preguntó Cass al terminar, mirándolo.

–Sí –contestó Neo–. Gracias –añadió y bajó la mirada para contenerse de darle un beso.

–De nada. Esta ha sido la primera vez que he tocado fuera de mi casa o el estudio y he disfrutado.

–Es un placer servirte de algo –indicó él.

–Me haces sentir segura.

Neo se quedó sin palabras.

Cass se sonrojó y bajó la cabeza.

–¿No es hora de irnos a comer?

–Sí –dijo él y le levantó la barbilla con un dedo para mirarla a los ojos durante un instante mágico–. Gracias.

–Yo…

–Tu confianza en mí me honra más que nada del mundo –dijo Neo y, sin pensarlo, acercó los labios.

–¿Vas a besarme otra vez?

–No sería buena idea.

–¿Por qué?

–Somos amigos.

–Y los amigos no pueden besarse –señaló ella y sonrió, intentando quitarle tensión al momento.

–Yo nunca he besado a Zephyr.

–Mentiroso.

–Nunca he besado a un hombre.

–¿Acaso no os besáis los griegos en la mejilla?

–Ah –dijo él y se sonrojó–. Pero no es lo mismo.

–No, pero es un beso.

–Estás jugando con fuego, *pethi mou*.

–¿*Pethi mou*?

–Pequeña –explicó él.

–No soy tan pequeña.

–¿Comparada conmigo?

–Tú eres demasiado grande.

–Pensé que lo grande era mi ego.

–Vaya, o sea que te has ganado las críticas de alguna novia que otra –adivinó Neo.

–Nunca he tenido novia. Pero sí, un par de compañeras de cama me han hecho comentarios sobre lo grande de mi ego.

–Seguro que sí.

–¿Y sabes lo que les respondo? Que mi ego es acorde a mis cualidades.

–¿Y ellas están de acuerdo?

–Por supuesto.

Cass se mordió el labio, apartando la mirada.

Neo se deleitó mirándola. Le gustaba la timidez de Cassandra Baker. Se preguntó si debía decírselo, pero no lo hizo.

–Yo… tampoco he tenido novio nunca –murmuró ella.

–¿Nunca? –preguntó Neo, sorprendido.

–Hum… no.

–¿Cuántos años tienes?

–Veintinueve. Soy una rara, ¿verdad?

–¿Qué? –dijo Neo y puso las manos sobre los hombros de ella, obligándola a mirarlo–. Eres preciosa. Pero… ¿estás diciendo que el de esta mañana ha sido tu primer beso?

–Bueno… la verdad es que… sí.

–Me habría gustado saberlo.

–¿Por qué?

–Habría hecho que fuera especial.

–Para mí ha sido bastante especial.

–Podría haber sido mejor.

–¿Cómo?

–No se puede explicar con palabras.

–Los novelistas lo hacen.

–Yo no soy escritor. Tendré que mostrártelo.

–¿Aquí? –preguntó ella, asustada.

–Sí –contestó Neo y cubrió los labios de ella con los suyos, sin dejarla protestar.

La besó con suavidad. Con el mayor cuidado con que nunca había besado a una mujer. Ni siquiera su primera vez. Aunque al saber que ningún hombre lo había hecho antes, se sintió demasiado excitado. Sin embargo, no podía dejarse llevar y devorarla, como deseaba.

Los labios de Cass sabían tan bien como por la mañana, pero, al pensar que no habían sido de nadie más, le supieron más dulces. Una dulzura que daba un sabor único a aquella deliciosa boca.

Él la rodeó con sus brazos, acercando su cuerpo. La temperatura subió entre ellos. Cass se sintió bien entre sus brazos. Demasiado bien. Como si hubiera nacido para estar allí.

Neo deseó poseerla por completo. Por suerte, estaban en un lugar público. Si no, tal vez él no hubiera tenido las fuerzas necesarias para controlarse.

Cass le acarició el pelo y lo besó con sensualidad.

Ella nunca había besado a otro hombre, pero sabía muy bien cómo jugar con su lengua. Sus instintos femeninos la guiaban. Y sus gemidos incendiaron la libido de Neo.

Maldición. Maldición, se dijo Neo, que estaba empezando a pensar en hacerle el amor bajo el piano cuando un chirrido lo sobresaltó.

Levantó la vista y se dio cuenta de que la puerta estaba abierta. El vendedor debía de haber querido hablar con ellos y, al sorprenderlos besándose, se había vuelto a ir, dejando la puerta abierta.

El sonido provenía de un niño que soplaba un clarinete. Un sonido horrible. Y la madre del niño estaba parada ante la puerta, mirando a Cass y Neo con la boca abierta.

–Vamos o llegaremos tarde a comer –dijo Neo y le tendió la mano a Cass.

–No olvides tu recibo –le recordó ella, aunque sus ojos parecían decir algo por completo distinto.

La comida fue un banquete de cocina mediterránea. Empezó con *fasolada*, una sopa de alubias que Cass siempre había asociado con Grecia. Luego, una pequeña ensalada con lechuga, piñones y queso feta, con un delicioso aliño.

—Es increíble —dijo Cass, mientras probaba el plato principal, de espinacas—. No me puedo creer que comas así todos los días.

—Claro que no. Pero hoy tengo una invitada. Mi ama de llaves estaba encantada de olvidar los consejos del nutricionista y poder preparar una comida tradicional griega. Ella es de mi país y no está de acuerdo con mi nutricionista, por decirlo con suavidad.

Cass adivinó que el ama de llaves sería una mujer mayor y que lo más probable era que se entrometiera en otras muchas cosas de la vida de Neo, no solo en lo relativo a la comida. Neo había encontrado el modo de tener una madre prescindiendo de la carga emocional que suponía una relación consanguínea, pensó ella.

—Esto es un festín.

—Me alegro de que te guste.

—Me enamoré de la comida griega cuando toqué en Atenas.

—¿Tocaste en Atenas?

—Sí, cuando tenía doce años. Es una ciudad preciosa.

—Estoy de acuerdo, pero, cuando era más joven, solo quería irme de allí.

—Estoy segura de que ahora la ves con otros ojos.

—Desde luego.

—¿Volvéis Zephyr y tú a Grecia a menudo?

—Al menos una vez al año, aunque siempre por negocios. Nunca hemos ido allí de vacaciones.

—Apuesto a que no vas de vacaciones a ninguna parte.

—Ni Zephyr.

–Pues sois unos adictos al trabajo.

–¿Y tú? ¿Eres adicta a componer?

Cass rio.

–Zephyr dice que no tienes sentido del humor, pero yo creo que se equivoca.

–Eso es porque su sentido del humor raya con la locura.

–Sois afortunados de teneros el uno al otro.

–Es mi hermano de corazón.

–Me sorprende oírte decir algo así –comentó Cass tras un momento de silencio.

–¿Por qué?

–No lo sé. Parece un comentario muy sentimental.

–Es solo la verdad –repuso él, ofendido.

–Bueno, pues me alegro de que así sea –repuso ella con una sonrisa.

–Tú no tienes a nadie así, ¿verdad?

–¿Qué quieres decir? –preguntó ella. Pero lo sabía muy bien. Era algo en lo que prefería no pensar.

–Tuviste padres, pero se apartaron de ti mucho antes de morir, por la enfermedad de tu madre y por las decisiones de tu padre.

Cass se quedó en silencio.

–Y ahora no tienes familia –continuó Neo.

Era cierto. Los amigos que tenía en Internet solo llenaban su tiempo, pero no la necesidad de su corazón. Y su agorafobia le impedía establecer otro tipo de relaciones. Aunque, a veces, sí hacía amigos, más que Neo.

Sin embargo, al final, todos esos supuestos amigos acababan hartos de sus limitaciones y se alejaban de ella o hacían el papel de mártires, haciendo un sacrificio para estar con ella.

Cass estaba decidida a disfrutar de cada instante de su amistad con Neo.

–Tengo amigos –dijo ella, intentando ocultar la soledad que llenaba su vida.

–Ninguno en quien confíes como yo en Zephyr.

–Yo nunca confié en mis padres tanto como tú confías en él. Y, aunque hubiera tenido hermanos, no habría confiado en ellos así tampoco.

–Eso no lo puedes saber.

–Ya. No te rías, pero de niña solía fantasear con tener hermanos y hermanas que me amaban por ser yo y no por tocar el piano.

–No hay nada de lo que reírse –afirmó él y tomó el rostro de ella entre sus manos–. Para que lo sepas, nuestra amistad no tiene nada que ver con que toques el piano.

Y, a pesar de ser su profesora de piano y saber que él admiraba su música, Cass lo creyó.

–Gracias.

–Faltan dos horas para mi próxima reunión. ¿Quieres hacer algo en particular?

–¿Te gusta ver películas?

–Es una de mis aficiones favoritas.

–Pues veamos una –propuso Cass, sonriendo.

Neo le mostró su colección y Cass descubrió que le gustaban las películas antiguas. Los clásicos. Vieron una película de Spencer Tracy y Katherine Hepburn y ambos se rieron a la vez varias veces.

Cuando se terminó, Neo tuvo que regresar a su despacho.

–Puedes quedarte aquí si quieres.

–Gracias, me gustaría –repuso ella y suspiró–.

Ojala hubiera sabido que tenías piscina. Me habría traído el traje de baño.

–Zephyr y yo tenemos varios bañadores en el vestuario para las invitadas femeninas. Seguro que habrá alguno que te valga.

–¿Lo dices en serio?

–Sí. Cada primavera los cambian para que estén a la última moda.

–Supongo que para un par de playboys como vosotros eso no es malgastar el dinero.

–Ha sido útil en un par de ocasiones –admitió él, sonrojándose.

–Seguro que sí –replicó Cass y, entonces, se dio cuenta de que estaba celosa. Y no tenía derecho a estarlo, se dijo. A pesar de que él la había besado. Dos veces.

–Puedes llegar a la piscina por esa puerta. Tendrás que poner una silla en la puerta para que se quede abierta, porque se cierra automáticamente. Te haré una llave para esta planta. Pero no servirá ni para mi casa ni para la de Zephyr.

Así que su confianza en ella no llegaba tan lejos, pensó Cass.

–Estás un poco obsesionado con las puertas que se cierran automáticamente, ¿verdad?

–La seguridad es lo primero.

Cuando Neo se hubo ido, Cass encontró un bikini naranja que parecía hecho para ella y se lo puso. Era muy sexy y, tal vez, Neo se sentiría tentado de besarla de nuevo. ¿Pero a quién estaba engañando?, se dijo ella. Sus curvas no eran nada tentadoras, pensó.

Sin embargo, Cass se sintió muy cómoda al imaginarse a Neo viéndola con ese bikini. Aunque eso no le impulsara a besarla.

La piscina estaba a la temperatura perfecta y Cass hizo varios largos.

Luego, se sentó en el borde, metiendo los pies en el agua. Entonces, llegó Neo. Parecía cansado.

–¿Una reunión difícil?

–Me arrepiento de haber elegido a uno de mis contratistas.

–Eso no debe de ser común en ti.

–Tienes razón. Suelo tomar mis decisiones con mucho cuidado y pensé que esta vez también lo había hecho.

–¿Qué ha pasado?

–El contratista había hecho proyectos pequeños para mí antes, pero, a pesar de lo que él había asegurado, ahora es obvio que no tiene recursos para un proyecto a gran escala.

–Lo siento.

–Él sí que va a sentirlo si tengo que viajar hasta allí.

–¿Adónde?

–Dubai.

–¿De veras? Siempre he querido conocer Dubai.

–Te propongo un trato. Si voy, te llevo.

–Sí, ya. Gracias –dijo ella, sin creerlo.

–¿Te asusta volar?

–No. Lo que me da pesadillas es pensar en la multitud de personas que hay en el aeropuerto y en el avión – contestó Cass. Aunque, tal vez, podría lidiar con ello si hiciera falta, pensó.

–¿Y qué te parece ir en un jet privado?

–Nunca he volado en uno.

–Yo siempre viajo así. Por razones de rapidez y de seguridad.

–Y tienes tu propio jet, claro –observó ella, sonriendo.

–Y bien, ¿qué dices?

–¿Sobre qué?

–¿Te gustaría ir a Dubai conmigo en mi jet privado si el proyecto acaba necesitando mi supervisión personal?

–Yo... –balbuceó Cass. ¿Lo decía en serio? Eso parecía–. Tú... –empezó a decir. Era una oferta demasiado tentadora. Ella echaba de menos viajar y no podía imaginar un mejor compañero de viaje que él. Nadie podía hacerla sentirse tan segura–. Creo que sí.

–Fantástico –señaló Neo y la miró como si estuviera orgulloso de ella.

Cass se mordió el labio, conteniendo las lágrimas de emoción. Neo era un hombre increíble. Y poder viajar le parecía maravilloso. Pero lo mejor de todo era estar con él. Eso era mucho más tentador que el viaje.

–Nunca había imaginado que viajaría en un jet privado.

–Tendrás que probarlo antes de ir a Dubai. Iremos a algún sitio cercano. Quizá a Napa Valley.

–¿Bromeas?

–No tengo sentido del humor, ¿recuerdas?

–Eso no es cierto.

–Bueno, pues no bromeo.

Capítulo 8

PERO para qué quieres ir tú? –inquirió Cass. Un viaje así requeriría que Neo se tomara más tiempo libre del trabajo, pensó. La cabeza le dio vueltas y el corazón le latió a toda velocidad.

–Para ayudar a mi amiga con su deseo de viajar.

–Estás loco.

–No lo creo.

Cass rio, sintiéndose feliz.

–Además, me gustan los vinos de California. No me importaría poder visitar algunas de sus bodegas y comprar su mejor selección.

–Hum…

–¿Te gusta el vino?

–No bebo.

–¿Por razones religiosas?

–No. Es solo que… solo de oler el corcho de la botella ya me siento borracha.

–Me gustaría ver eso.

–¿Y ver cómo empiezo a ponerle letra a mis composiciones instrumentales? No te lo recomiendo.

–Me gustaría oírte cantar.

–No, no te gustaría. Confía en mí. Por mucho talento que tenga en el piano, soy una cantante horrible.

–Mis deseos de oírte no hacen más que crecer.

–¿Eres masoquista? Nunca lo habría imaginado.

–No soy masoquista, pero me gusta la idea de comprobar que no eres tan perfecta.

¿Cómo? ¿Es que él pensaba que era perfecta?, se preguntó Cass. No era posible. Con sus problemas, nadie pensaría que era perfecta. Ni por asomo.

–¿Lo que quieres es reírte de mí?

–Reírme contigo es un placer.

–Lo es –repuso Cass, recordando cuando habían visto la película juntos.

–¿Cantarás para mí?

–Si vamos a Napa Valley y me convences de que pruebe el vino exquisito que planeas comprar, puede que lo consigas.

–Te tomo la palabra.

–Eh, es solo una posibilidad –advirtió ella.

Neo se encogió de hombros como si estuviera seguro de que conseguiría lo que se proponía.

–¿Has terminado de nadar?

–Me gustaría hacer un par de largos más.

–Entonces, nadaré contigo –dijo él.

–Genial.

Era justo lo que Cass necesitaba. Ver al hombre más atractivo del mundo en bañador.

Después de los dos besos que le había dado esa mañana, Cass se sentía excitada. Tenía ganas de lanzarse sobre él, tumbarlo en el suelo y besarlo hasta que le dolieran los labios. Pero Neo había dicho que los amigos no se besaban. Y él quería ser su amigo.

Neo ya había demostrado que la amistad significaba algo para él. Se había ofrecido a ayudarla y nunca se había burlado de ella por sus problemas.

Le había dedicado su tiempo y ella sabía que eso era algo especial. Neo Stamos era un hombre de ensueño, pensó Cass.

Y ella no iba a hacer nada que pudiera arruinar su relación.

Verlo en bañador fue peor de lo que había esperado. Era obvio que no estaba avergonzado de su cuerpo. Llevaba un traje de baño pequeño y ajustado que resaltaba los músculos de su estómago y sus muslos. Ella se estremeció solo de mirarlo y se sintió recorrida por un mar de sensaciones sobre las que había leído en los libros, pero nunca antes había experimentado.

—¿Has dicho algo?

—Eh, nada. Bonito bañador —dijo ella, tras aclararse la garganta.

—Ofrece una resistencia mínima al nadar.

—Claro —contestó Cass. Tal vez, él no se lo había puesto solo con la intención de seducir a pianistas vírgenes.

Nadaron juntos y echaron un par de carreras, que él ganó.

—Es porque he nadado mucho antes de que tú vinieras y estoy cansada —explicó Cass. Aunque no mencionó lo difícil que le resultaba concentrarse en nadar cuando no podía dejar de pensar en lo que sentiría al tener el cuerpo de Neo sobre el suyo.

Cass tembló dentro de la piscina climatizada y se le hizo la boca agua al visualizar la imagen en su mente.

—Ah. No tiene nada que ver con que yo sea más alto que tú y tenga las piernas más musculosas —dijo él.

–Deja de hablar de músculos. Me harás sentir acomplejada.

–Tus piernas de pajarito son muy bonitas.

–¿De pajarito? –protestó ella–. ¿Cómo es eso? ¿Flacuchas y naranjas?

Cass se sumergió, buceando hacia los tobillos de él. Tomándolo por sorpresa, consiguió hacerle caer y sumergirlo en el agua. Luego, lo soltó y nadó a la otra punta de la piscina a toda prisa. Estaba a punto de salir cuando dos fuertes manos la agarraron de la cintura.

Cass salió volando por el aire y cayó en medio de la piscina. Sacó la cabeza, escupiendo agua. Y, cuando se giró, se encontró de frente con él, que la miraba con sonrisa maliciosa.

Era divertido. Muy, muy divertido, pensó Cass. No había jugado así desde… bueno, nunca. En las cinco semanas que habían pasado desde que lo conocía, Neo le había dado mucho, se dijo, con el corazón lleno de alegría.

Cass volvió a agarrarlo para intentar hacerle otra aguadilla. Pero Neo tenía los pies firmes sobre el fondo de la piscina.

–¿Crees que has ganado? –preguntó ella, sin aliento.

–Creo que ahora mismo estamos empatados –replicó Neo con tono condescendiente.

–Si fuera lista, lo dejaría ahora, supongo.

–Un empate es mejor que una derrota.

Cass lo miró y le salpicó con la mano.

–¿Tan seguro estás de que perdería?

Neo parpadeó, se limpió el agua de la cara y se encogió de hombros. Sin duda, tenía total confianza en sí mismo. Lo que, por desgracia, era comprensible, pensó Cass.

—Puede que tú seas más fuerte, pero yo soy más ingeniosa.

—No es posible. Soy un empresario de éxito –replicó él–. ¿Qué te parece si suavizamos la pelea con un tentempié?

—¿Qué clase de tentempié? –preguntó Cass, tentada.

—Galletas de nueces de Macadamia. Mi ama de llaves se puso muy contenta cuando le dije que podía hacerlas y saltarse las habituales restricciones dietéticas.

—De acuerdo, me has convencido –dijo Cass y se le hizo la boca a agua a la vez que se olvidaba de sus intenciones de hacerle otra aguadilla.

—Nos vemos dentro.

Cass casi se ahogó de la impresión al ver a Neo saliendo de la piscina.

Neo calentó el agua para hacer té y se recordó a sí mismo todas las razones para no acostarse con aquella sexy mujer que estaba secándose el pelo en el vestuario femenino. Diablos, había tenido que controlarse mucho para no hacerle el amor en la piscina.

No debía haber mirado hacia atrás antes de cerrar la puerta del vestuario. Había reconocido en ella una mirada húmeda que no había tenido nada que ver con el agua de la piscina.

Además, Cass tenía un aspecto delicioso en bikini. Muchas supermodelos matarían por tener un cuerpo tan bien proporcionado. Aunque estaba delgada, no parecía anoréxica, ni se le salían los huesos.

Sus curvas eran muy sensuales. Tenía pechos pequeños, pero perfectos y pequeños glúteos que eran toda una tentación para sus manos y su boca. Hubiera deseado darle un mordisco en aquel trasero tan perfecto...

Cass había estado a punto de provocar algo muy diferente de lo que había pretendido con el juego de las aguadillas, pensó Neo. Cuando la había agarrado por la cintura en la piscina, había estado cerca de besarla en vez de lanzarla al agua.

Maldición, se dijo Neo. ¿En qué había estado pensando cuando la había invitado a usar la piscina?

Lo cierto era que Neo había esperado que ella se pusiera uno de los trajes de baño más modestos que había en el vestuario. No había contado con verla con aquel diminuto bikini que mostraba más de lo que ocultaba.

Sus curvas eran demasiado tentadoras, el claro resultado de ejercitar el cuerpo en el gimnasio. Eran perfectas... Maldición.

Su virginal amiga era demasiado sexy para él, pensó.

Mientras oía el sonido del secador de pelo, Neo tuvo deseos de entrar en el vestuario y ofrecerle sus servicios para secar aquella preciosa y sedosa melena. ¿Qué mujer hoy en día se dejaría crecer el pelo hasta la cintura como Cassandra? Mantenerlo parecía demasiado trabajo para una mujer moderna.

Neo no se había dado cuenta de lo largo que tenía el pelo hasta que la había visto sentada al borde de la piscina, con la punta de cabello mojado tocándole el final de la espalda. Nada más verlo, había deseado comprobar cómo quedaría ese cabello suelto sobre su almohada mientras cabalgaban juntos hacia el éxtasis.

Cerrando los ojos, Neo maldijo en griego al notar la fuerza de su erección.

Agarró su móvil y marcó un número.

—¿Qué pasa? —preguntó Zephyr al responder.

—Recuérdame por qué no es buena idea acostarse con las amigas.

—¿He dicho yo eso? —repuso Zephyr, divertido.

—No. Pero necesito que alguien me lo recuerde.

—¿De qué amiga estamos hablando? ¿De la profesora de piano? —preguntó Zephyr, conteniendo la risa.

—Sí.

—Me sorprende.

—¿Que quiera acostarme con ella?

—No, que la consideres amiga tan pronto.

—Es especial.

—Entiendo —afirmó Zephyr, poniéndose serio.

—Bien, porque yo no entiendo nada —replicó Neo—. Dime que no le ponga las manos encima.

—¿Cuándo has seguido mis advertencias?

—Maldición, Zee…

—De veras te gusta, ¿no?

—Me gusta ser su amigo. No quiero estropearlo.

—¿Y si te acuestas con ella lo estropearías?

—Claro. ¿No crees?

—Depende.

—¿De qué?

–De qué expectativas tenga ella. Cuando las dos personas juegan con las mismas reglas, el sexo entre amigos puede ser fantástico.

–Ella es virgen –le reveló Neo con honestidad–. Completamente inocente.

–¿A su edad?

–Sí. Esa es otra razón para no acostarme con ella.

–A menos que esté harta de ser virgen. ¿Estás seguro de que su falta de experiencia es por elección propia?

–¿Qué quieres decir?

–Piensa en ello. Cass ha vivido toda su vida dedicada a su madre y a la música. Dudo que su padre le permitiera salir con chicos cuando era joven y ahora no lo hace porque tiene agorafobia. ¿Cuándo iba a conocer a un hombre con quien quisiera hacer el amor?

–No se trata de eso.

–¿No?

–No. Yo no puedo ser ese hombre.

–¿Por qué no?

–Porque terminaría haciéndole daño. Ella no es como mis…

–¿Amantes? Quizá es hora de que empieces a tener otro tipo de relaciones.

–No quiero tener ninguna relación. No tengo tiempo.

–Todo el mundo tiene tiempo para los amigos, Neo.

–No, no es así.

–Pues todo el mundo debería buscar tiempo para eso. ¿De qué te sirve estar en la cúspide si no tienes a nadie con quien disfrutarlo?

–Te tengo a ti.

–Soy tu socio y tu único amigo. Diablos, Neo, la mitad del tiempo tú y yo estamos en países distintos, encargándonos del negocio.

–¿Y?

–No se puede pasar todo el tiempo trabajando.

–Empiezas a parecer un disco rayado, Zee.

–¿Sí? Pues parece que poco a poco lo estás comprendiendo.

–Sabes que eres un hipócrita, ¿verdad?

–Ahora no estamos hablando de mí.

–Qué suerte tienes.

–Bueno. Escucha. ¿Cass te desea?

–Creo que sí –repuso Neo, sin estar del todo seguro.

–Bien, pues hazle saber lo que sientes tú y deja que ella decida.

–Puede que Cass no decida lo mejor para ella.

–Es mayor de edad, Neo.

–Lo dices como si fuera muy sencillo.

–Y tú lo estás haciendo más complicado de lo que es.

Neo se dio cuenta de que no necesitaba los consejos de Zephyr. Él ya sabía lo que quería y sabía también lo que iba a hacer al respecto.

Quizá, Cass no fuera el tipo de mujer al que estaba habituado. Era mucho mejor.

Su inocente sensualidad era mil veces más provocativa que la estudiada seducción de otras mujeres, pensó Neo. Y su enorme erección lo demostraba.

Neo siempre había ido directo al grano cuando se había sentido atraído por una mujer y había sido correspondido. Sin embargo, le gustaba Cassandra y estaba seguro de que él le gustaba a ella, pero, por primera vez, eso no era lo único que importaba.

El sonido del secador cesó. Neo apretó los puños, sosteniendo una lucha interna de sentimientos encontrados.

Casandra se había visto privada de muchas facetas de la vida que eran lo habitual para la mayoría de la gente, reflexionó Neo. Él podría darle a probar la pasión. Darle todo un banquete, pensó. Quizá, la amistad no excluyera el sexo. No si ambas personas lo querían.

Él lo quería. Y Cassandra también.

Cass entró en la cocina esperando encontrar a Neo preparando té.

Lo que no esperaba era percibir tanta intensidad en su mirada. Además, el cuerpo de él parecía irradiar tensión.

–¿Estás bien, Neo? –inquirió Cass y, sin saber por qué, se preguntó si debía haberse puesto la chaqueta encima.

Neo la miraba de un modo extraño. Como si su blusa fuera transparente y el sujetador de encaje también.

Él no respondió y Cass miró a los lados, donde había una bandeja con galletas y una tetera.

–Bueno… ¿quieres que sirva yo el té?

Neo siguió callado, con los puños apretados como si estuviera conteniéndose de tocar algo.

–¿Neo? Estás empezando a preocuparme.

–¿Es por elección o por falta de oportunidades? –quiso saber él.

–No sé de qué me hablas –repuso Cass con sinceridad.

–De tu virginidad.

–Mi vir… –comenzó a decir ella y se atragantó a medio camino–. ¿De qué hablas? –quiso saber. ¿Y por qué hablaban de eso?, se preguntó. Ser tan experimentada con veintinueve años no era su tema de conversación favorito.

–De tu inocencia. ¿Estás contenta con ser virgen? –preguntó él, acercándose con dos grandes zancadas.

–¿Contenta? –repitió ella. Ninguna mujer estaría contenta de llegar a los treinta sin haber tenido novio jamás, pensó–. ¡Neo, no tiene sentido lo que estás diciendo!

–Es una pregunta sencilla, *pethi mou*.

–Seguro que sí, pero no la entiendo –replicó Cass, nerviosa, sonrojándose.

–Zee dice que puede que no seas virgen por elección, sino por necesidad.

–¿Necesidad?

–Por falta de oportunidades –puntualizó Neo.

–¿Le has hablando a Zephyr de mi vida sexual? –preguntó Cass, sintiéndose ultrajada al caer en la cuenta de ello.

–Ausencia de vida sexual –continuó Neo, ignorando el comentario de ella–. Si tuvieras una vida sexual, la mía sería mucho más fácil.

–No entiendo por qué.

–¿No? –preguntó Neo, deslizando la mano por debajo del pelo de ella para posarla en su nuca.

Al sentir el calor de la mano de él, Cass se quedó sin palabras. Se quedó paralizada, incapaz de moverse.

—No deseo aprovecharme de ti —aseguró él, acariciándole la nuca.

Cass sintió cosquillas con cada suave caricia.

—Neo, no puedes ir por ahí hablando de mi vida sexual —advirtió ella cuando al fin pudo hablar.

—No he ido a ninguna parte. He llamado a Zephyr desde aquí mismo.

—Tú sabes a lo que me refiero.

—Yo sé que te deseo.

—¿De veras? —preguntó Cass, olvidando el tema de Zephyr.

—Sin duda alguna.

—¿Y qué pasa con la regla de no besar a los amigos?

—Estoy cambiando mi postura respecto a ello.

—Ah.

—Por eso he llamado a Zephyr —explicó Neo.

—¿Y qué te ha dicho? —quiso saber Cass, sonrojándose de vergüenza.

—Que debo dejar que tomes tus propias decisiones. Que eres una adulta.

—Tiene razón. Hace años que soy adulta y odio que los demás tomen decisiones importantes por mí. El problema es que ahora no sé qué es lo que tengo que decidir.

—Si tener sexo conmigo.

Oh, cielos, pensó Cass. Por fin lo entendía.

—Eso o tener una amistad sin sexo, ¿no? —preguntó ella, para asegurarse.

–Exactamente.

–¿Y después del sexo?

–La amistad permanece.

Cass nunca tenía amistades duraderas, con sexo o sin él. Pero, tal vez, ese no fuera el momento de sacar el tema, se dijo.

–Amigos con derecho a roce –insinuó ella.

–Supongo que sí. Como te he dicho antes, nunca había tenido una amiga antes.

–Pero ahora sí. Y quieres hacer el amor… esto… tener sexo conmigo.

–Eso es –afirmó él con una radiante sonrisa.

–Pero no quieres nada más. Aparte de la amistad.

–No es justo para ti –señaló él, borrando la sonrisa de su cara.

–¿Por qué? Si es justo para ti, ¿por qué no iba a serlo para mí? –quiso saber Cass.

–Tú eres menos cínica que yo. Temo que confundas nuestra intimidad con…

–¿Amor? –inquirió Cass, dándose cuenta de que Neo tenía dificultades hasta para pronunciar aquella palabra. Era obvio que él sabía que ella no solo carecía de cinismo, sino que era muy ingenua en el terreno emocional.

–Sí.

–Y sobra decir que tú nunca caerías en esa confusión, ¿no?

–Nunca me he enamorado de ninguna mujer con la que me haya acostado –admitió él, encogiéndose de hombros.

–Si hubiera sido así, no estaríamos teniendo esta conversación –señaló Cass y, solo de pensarlo, se le encogió el estómago. Estaba más en peligro de lo que había creído, se dijo.

–No soy la clase de hombre que se enamora.

–¿Crees que no eres capaz de amar?

–Nunca he amado a nadie y nunca he sido amado por nadie.

Cass sabía que no era verdad. El afecto que Zephyr y él compartían era amor. Se querían como hermanos. Como si fueran familia. A Neo le resultaba incómodo admitirlo, pero era afortunado de experimentar ese cariño.

De cualquier forma, la conversación se centraba en ella, pensó Cass. No había conseguido amor incondicional ni siquiera de sus padres, ¿cómo iba a suscitarlo en Neo? Nunca había esperado ser amada. Lo había deseado, pero no había contado con ello. Y hacía años que ni siquiera se permitía soñar con tal cosa. No se sentía tan sola cuando no pensaba en lo que no tenía.

Y no iba a dejar que eso le impidiera disfrutar de lo que podía tener.

–No espero que me quieras –afirmó ella con sinceridad.

Capítulo 9

QUÉ esperas?
   –Nada. Aprendí hace mucho que las expectativas solo traen decepciones.

–¿Qué buscas, entonces?

–No estoy segura de buscar nada. Tu entrada en mi vida ha sido como la de un cometa caído del cielo, del todo inesperada y un poco brusca, si quieres que te diga la verdad. Tu amistad es un regalo importante para mí.

Neo respiró hondo y dio un paso atrás.

–Pues dejémoslo así.

–Pero el sexo sería maravilloso también –señaló Cass, pensando que, tal vez, la palabra maravilloso no bastaría para describirlo.

–Entonces, ¿es una cuestión de aprovechar la oportunidad?

–No del todo.

–¿Pero me deseas ahora?

–¿Ahora mismo? –preguntó ella, nerviosa.

–Sí, ahora mismo.

–Siempre te deseo –admitió Cass en voz baja–. Te he deseado desde el principio, a pesar de que he tardado en reconocer y definir este sentimiento.

–¿Y lo reconoces ahora?

–Sí –afirmó Cass, sintiendo un incendio en su interior. Y Neo se había ofrecido a apagar el fuego.

–¿Y estás preparada para satisfacerlo?

–¿Aquí? ¿Ahora?

–¿Tienes otros planes?

–¿Y el té?

Neo sonrió. Sin embargo, su aspecto era el de un guerrero frente a su próxima conquista.

–Creo que el té puede esperar.

Cass solo pudo asentir. El té podía esperar. Él, no. Su virginidad, tampoco. Se estremeció al pensarlo, aunque intentó aparentar algo de calma.

Neo se inclinó y la tomó en sus brazos. Como siempre, Cass se sintió a salvo con él, incluso cuando se enfrentaba a lo desconocido. Él se giró hacia el pasillo que conducía al dormitorio.

–No quiero desnudarme en una cama donde hayan estado sudando miles de mujeres.

En vez de preocuparse porque ella se estuviera implicando emocionalmente, Neo rio.

–Cambio las sábanas. Bueno, lo hace mi ama de llaves.

–No me importa. Podemos usar una cama de invitados.

–No, no podemos.

Cass frunció el ceño.

–Cuando traigo mujeres a mi casa, no las llevo a mi dormitorio, sino al de invitados.

–Ah, pues vayamos a tu dormitorio, entonces.

–¿Mi sudor no te molesta?

–No, porque somos amigos.

–Ah –repuso él con tono jovial.

A Cass no le importó que se riera de ella.

Aunque no pudiera tener su corazón, iba a pedirle todas las concesiones que su amistad le permitiera.

Neo no pudo creer que estuviera llevando a Cassandra a su dormitorio con la intención de compartir su cama y su cuerpo. La apretó entre sus brazos, inhalando su aroma.

Ella lo deseaba, pensó Neo, y comprendía las limitaciones de su relación. No solo las comprendía, también las aceptaba.

Amigos con derecho a roce... Tendría que discutir el concepto con ella más tarde, se dijo. La idea de que Cassandra decidiera tener roces con otro amigo no le sentó nada bien.

Pero en ese momento, él iba a darle lo que le había prometido. Iba a volverla loca de placer.

Entraron en el dormitorio y Neo encendió la luz. Se dirigió directo hacia la cama de matrimonio que estaba en el centro de la habitación. Quitó la colcha y depositó a Cass sobre las sábanas de algodón egipcio. El cabello de ella se derramó sobre la almohada, justo como él había previsto.

—Es como seda —dijo Neo, tocándole el pelo.

—Se desparrama por todas partes si no me lo recojo.

—Pero te lo has dejado suelto para mí.

—Sí, supongo que sí —admitió ella y sonrió.

—Sabías que me moría por verlo y tocarlo.

—Me di cuenta de que lo mirabas con intensidad en la piscina.

—Te miraba con intensidad a ti.

–No estaba segura de si eran imaginaciones mías.

–No lo eran.

–Me alegro –repuso ella con una sonrisa cargada de dulzura e inocencia.

–Y yo.

–Quería sentir nuestros cuerpos juntos solo con el traje de baño puesto –confesó Cass.

–Será mejor que eso. No habrá ningún pedazo de tela entre nosotros.

–Puede que no sobreviva a ello –comentó Cass, tras estremecerse, y cerró los ojos.

–Eres buena para mi ego –afirmó Neo. Con ella todo era diferente, hasta el cortejo, pensó. Podía ser él mismo... hasta tenía ganas de hablar.

–¿Es que tu ego necesita que lo alimenten?

–No –admitió Neo, sonriendo–. Pero me gusta, de todos modos.

–Lo entiendo.

–¿Sí?

–Sí. Yo sé que tengo talento con el piano, pero me gusta cuando los demás expresan su admiración.

–Pues entiende esto –dijo él y la besó con pasión.

Cass abrió los labios al instante y Neo aprovechó para besarla con profundidad, introduciendo la lengua y saboreando su dulzura. Ella lo correspondió sin titubear, entrelazando su lengua con la de él con gran sensualidad.

Neo comenzó a desnudarse sin pensarlo mientras la besaba una y otra vez. Se quedó en calzoncillos y empezó a desabotonarle la blusa a ella.

Cass le acarició la cara y bajó las manos. Tembló un poco al toparse con la piel desnuda de él, pero, enseguida, reaccionó y lo acarició por todas partes con apasionada curiosidad.

Neo le quitó la blusa, dejando al descubierto su hermoso cuerpo. Quería apartarse un poco para admirarlo, pero no pudo parar de besarla.

–¿Y si te decepciono? –preguntó ella de pronto, separando sus bocas.

Neo se echó hacia atrás y la miró, fijándose la sedosa piel de su estómago y en su gesto de preocupación.

–¿Cómo ibas a decepcionarme? Eres preciosa.

–No lo soy.

–¿Quién determina la belleza de una pieza musical?

–La persona que escucha.

–¿Y quién decide si es hermoso lo que ve?

–La persona que mira –repuso ella, a regañadientes.

–¿Entonces?

–Dices que soy hermosa, pero no lo piensas.

–Sí lo pienso.

–Pero...

–Debes confiar en mis palabras.

–De acuerdo.

–De acuerdo –repitió él y aprovechó el momento para quitarle el sujetador.

En vez de intentar cubrirse como Neo había esperado, Cass lo agarró de los brazos.

–Ven más cerca. Quiero sentir tu piel sobre la mía –rogó ella.

–Eres perfecta para mí –dijo Neo–. Adoro tu apasionada inocencia.

–Apasionada inocencia. Así soy yo –dijo Cass y soltó una carcajada, riéndose de sí misma.

Al instante, Cass gimió al sentir el torso desnudo de él. Lo abrazó con fuerza.

¿Cómo era posible que una mujer tan sensual hubiera llegado virgen a los veintinueve años?, se preguntó Neo.

–Me gusta mucho –le susurró ella al oído–. Mucho.

–Y a mí.

–Quiero que me quites los pantalones también.

–Será un placer –dijo él y eso hizo.

Neo levantó la cabeza un momento para deleitarse mirándola.

–Es increíble.

–Sé que mientes. Me dijiste que tenía piernas de pajarito.

–Era una broma –repuso él y meneó la cabeza. De nuevo, se tumbó sobre ella, piel con piel–. Al verlas, me las imaginé alrededor de mi cuerpo mientras te daba placer.

–No es verdad.

–Sí lo es.

–¿Así? –preguntó ella en tono inocente y le rodeó las caderas con las piernas, entrelazando los tobillos a su espalda.

–Así exactamente –afirmó Neo y respiró hondo, esforzándose por controlarse–. Ten cuidado, *pethi mou*. Corro peligro de terminar antes de tiempo.

–¿Un Casanova como tú? –se burló ella–. No te creo.

–Créeme –dijo él. Y era cierto.

–Me gusta causar tan gran efecto en ti.

–A mí también me gusta –admitió Neo y empezó a besarla por la cara y el cuello.

Neo siguió besándola por los hombros y hacia los pechos.

Cass empezó a respirar entrecortadamente.

–Oh, oh… Neo, sí. Me gusta.

Neo tuvo deseos de reír, pero estaba demasiado ocupado saboreando sus pechos. Cuando posó los labios sobre uno de los delicados pezones de ella, Cass gritó de placer.

Neo estaba encantado. Era una mujer muy sensible y todas sus reacciones eran para él y nadie más. Ella era suya.

Por muy transitoria que fuera su posesión, aquel pensamiento le provocaba una sensación abrumadora y primitiva. Ella era suya, se repitió.

Neo mordisqueó, lamió y chupó el pezón de Cass y su pecho como si fuera un helado de crema, hasta que ella empezó a hacer incoherentes sonidos de placer.

Mientas, Cass lo acariciaba y enterraba los dedos en el pelo de él, levantando las caderas, dejándose llevar por el instinto.

Por mucho que ella quisiera dar el siguiente paso, aún no estaba lista, pensó Neo. Pero lo estaría pronto. Iba a volver loca de placer a aquella pequeña y sensual virgen.

Con aquel objetivo en mente, Neo le recorrió el torso con los labios y la lengua. Llegó hasta el ombligo y lo lamió, mientras sus manos la acariciaban por todas partes.

Cuando le tocó los pezones endurecidos, Cass se arqueó y gimió de placer. Neo rio y siguió bajando con la boca, hasta el borde de las braguitas de ella.

Cassandra se quedó petrificada. Los dos se miraron a los ojos y él le hizo promesas silenciosas con la mirada. Ella comprendió. Neo iba a hacer que aquella primera vez fuera especial.

Ella se merecía la mejor experiencia que él pudiera darle, pensó Neo. No era solo una aventura de una noche, era su amiga. Y su inocencia no era solo un poderoso afrodisíaco, era también una gran responsabilidad.

Neo le bajó las pequeñas braguitas. El deseo y la incertidumbre se reflejaban en el hermoso rostro de Cassandra, que levantó las piernas para que él pudiera terminar de quitárselas.

Neo posó los ojos en el pubis de ella, cubierto de preciosos rizos oscuros. Aquella visión tan natural y femenina era muy diferente a los pubis afeitados y depilados a los que él estaba acostumbrado.

Neo le acarició los rizos con la punta de los dedos y ella gimió y se mordió el labio.

—¿Una zona sensible? —preguntó él, sonriendo.

—Sí, pero…

Neo le recorrió las piernas con las manos y se detuvo en sus tobillos, agarrándoselos.

—Estoy deseando enseñarte todas las cosas que tu cuerpo puede sentir.

—¿Y tú también puedes sentirlas?

—Sí. Darte placer me excita tanto, que no podré dejar de…

—Latir dentro de mí.

Aquellas palabras en su boca eran casi suficientes para hacerle llegar al clímax, se dijo Neo.

—Eres peligrosa, *pethi mou*.

—Me alegro de saberlo —señaló Cass y miró hacia abajo, con gesto de incertidumbre–. No vas a lastimarme, ¿verdad?

–Preciosa, nunca te lastimaré. Ni siquiera por accidente. Tendré tanto cuidado contigo, que hasta me rogarás que lo haga más deprisa.

–Eso será divertido –dijo ella, fingiendo arrogancia. Sin embargo, su expresión mostró un gran alivio.

–Sí, creo que sí.

–¿Sabes qué más sería divertido?

–Muchas cosas. ¿Qué has pensado? –preguntó él, disfrutando como nunca había disfrutado de estar en la cama con una mujer.

–Verte desnudo.

–Eres deliciosa.

–Me alegro de que te lo parezca. Pues desnúdate.

–Ya me he desnudado, ¿o es que no te has dado cuenta?

–No te hagas el listo. Ya sabes a qué me refiero. Sigues llevando esos calzoncillos y no pareces muy cómodo con ellos –observó Cass, sin poder ocultar su sensual curiosidad.

Neo se miró los calzoncillos y estuvo de acuerdo con ella. No parecían nada cómodos, sobre todo por el modo en que su erección pujaba por salirse de ellos. Sin embargo, no estaba seguro de querérselos quitar aún. Dejárselos puestos le servía de barrera mental.

En vez de responder, Neo le acarició el muslo, pensando qué decir. Cass se estremeció y separó las piernas.

–Me gusta tanto que me toques… Es como si una

corriente eléctrica me recorriera por donde pones los dedos.

—Me gusta hacerte sentir así —dijo él y mojó el dedo en el cálido y húmedo sexo de ella.

Cuando los dedos de Neo penetraron en la virginal entrada de Cass, ella dejó de pensar de forma racional, vencida por el fuego del deseo.

Todo lo que habían hecho hasta el momento había sido nuevo para ella, pero aquello era especial. Sintió como si ella le perteneciera y, aunque era él quien la tocaba, sintió también como si él le perteneciera a ella.

Una desconocida necesidad de poseerlo la invadió y le hizo abrirse más, para facilitarle el acceso a su parte más íntima.

Neo la tocaba como si estuviera disfrutando con ello y eso hacía que fuera aún más excitante. Por primera vez en la vida, Cass se sintió deseada por algo aparte de su talento en el piano.

Neo no era un amigo que sintiera lástima por ella, sino un hombre que la deseaba, como la demostraba con cada caricia y con cada beso.

Igual que lo demostraba su gran erección. Cass quería ver su miembro, pero sus cuerdas vocales no fueron capaces de formar ninguna palabra para pedírselo de nuevo. No podía dejar de mirarlo.

—¿Qué te parece esto? —preguntó él con voz ronca y profunda, introduciendo un dedo dentro de ella.

—Que ocupa todo el espacio —dijo Cass, sin aliento, preguntándose cómo iba a caberle algo más grande.

—No te preocupes. Te acomodarás a mí.

–Quizá.

–Sin duda.

–Tu miembro es mucho más grande que tu dedo –observó ella, sin poder ignorar ese dedo que le estaba haciendo disfrutar tanto.

–Más tarde, lo agradecerás.

–Te tomo la palabra –dijo ella, entre jadeos.

Neo la penetró un poco más y ella sintió un poco de dolor. Gimió y se arqueó para apartarse.

–Shh… relájate. Esto es tu himen y debe romperse para poder entrar dentro de ti.

–No soy una doncella victoriana. Lo sé. Pero me duele.

El dolor era desagradable para Cass. Pero iba a tener que confiar en Neo. Él sabía lo que hacía, se dijo ella.

–Quiero que estés dentro de mí cuando se rompa la última barrera de mi virginidad –pidió Cass, dejándose llevar por el instinto.

–¿Estás segura?

–Sí.

–Como desees –repuso él, sonriendo, y se levantó–. Necesito los preservativos.

–¿Dónde están?

–En el cuarto de invitados.

Por alguna razón, a Cass le complació pensar que él nunca había tenido sexo en el dormitorio donde se encontraban. El sexo en su cama era solo para ella, se dijo. Su instinto de posesión se sintió satisfecho.

En menos de un minuto, Neo regresó con una cajita que dejó en la mesilla de noche. Abrió uno de los pequeños paquetitos.

–Mírame. La próxima vez, quiero que lo hagas tú.

–¿Te han dicho alguna vez que eres muy autoritario? –repuso ella, obedeciéndolo. Lo cierto era que sus ojos no querían mirar a ningún otro sitio.

–Mandón. Exigente. Obcecado. Autoritario, también.

–Me da la sensación de que tendré que usar todos esos adjetivos contigo en muchas ocasiones –comentó ella, con una risita.

–Sin duda –replicó Neo y terminó de ponerse el preservativo–. Ahora voy a hacerte el amor, *yineka mou*.

Cass no se molestó en corregir su elección de palabras. En ese momento, quería sentir que hacían el amor. Aunque solo fuera sexo.

Entonces, de pronto, Cass se dio cuenta de que lo amaba. No sabía cómo había sucedido tan rápido, ni siquiera sabía si era un sentimiento real, pero sentía algo muy profundo por él, algo que no había sentido ni por sus padres.

¿No era de eso de lo que él le había advertido? Quizá estuviera confundiendo el sexo con los sentimientos. Aunque a ella no le parecía ninguna confusión. Además, se preguntó si el sexo le parecería tan maravilloso si no fuera porque sentía algo más por aquel hombre.

Cass pensó que era un tema del que tendría que hablar con alguno de sus amigos de Internet, con los que habían tenido más experiencia que ella y, tal vez, podrían ayudarle a comprender mejor la situación.

En ese momento, Cass solo quiso concentrarse en la sensación de tener el cuerpo de Neo sobre el suyo. El dolor que sintió no la hizo enojar, como ella había temido, sino que le pareció aún más íntimo que el placer.

Como si fuera una marca indeleble en su alma, que la uniría a Neo para toda la vida.

Aunque Neo la penetró con cuidado y lentitud, a ella le dolió y se le escaparon las lágrimas. Él se inclinó para besárselas y le musitó palabras suaves en griego al oído. Ella no lo entendió, pero su tono le resultó como un bálsamo para el alma.

Una vez en su interior por completo, Neo se detuvo, como si quisiera darle tiempo. Eso entendió Cass, porque al ver las gotas de sudor en la frente de él comprendió que le estaba costando mucho esfuerzo detenerse.

—Me siento muy unida a ti —susurró ella mientras su miradas se entrelazaban.

—Sí —murmuró él, cerrando los ojos.

—¿Es siempre así?

—No. Nunca es así. Para mí, no —repuso él, abriendo los ojos, llenos de pasión.

Cass no supo qué decir. Neo no estaba declarándole su amor, ni siquiera la voluntad de compartir una relación a largo plazo. Solo estaba reconociendo que aquello era especial. Quizá, era su primera virgen, pensó ella.

—Zephyr me dijo que sería excepcional.

—¿Tener sexo con una virgen?

—Tener sexo con una amiga.

—Ah.

—Sí.

—Pero yo ya sabía que iba a ser así, contigo.

—¿Lo sabías?

–¿Por qué crees que lo deseaba tanto?

Neo se movió con suavidad dentro de ella.

–Oh –dijo Cass, sintiendo una oleada de placer, además del dolor.

–¿Todo bien?

–Sí –repuso ella. Más que bien.

Entonces, Neo comenzó a moverse de forma rítmica, tocando un punto dentro de ella que le producía sacudidas eléctricas con cada arremetida.

–Muy bien –gimió ella, poseída por una espiral creciente de placer.

Neo se echó hacia atrás y agarró la muñeca de ella, haciendo que posara la mano sobre su propio vientre. Tiró de ella para que se rozara el clítoris con la punta del dedo medio.

Cass gimió ante la placentera sensación que aquel roce le produjo.

–Deja el dedo ahí –ordenó Neo y empezó a moverse más rápido, mientras, con cada arremetida, ella se acariciaba el clítoris.

La espiral de placer se convirtió en un tornado y las convulsiones del orgasmo invadieron a Cass.

Al fin, su cuerpo se quedó quieto y, entonces, notó cómo él también se quedaba rígido dentro de ella.

Neo gritó algo en griego al llegar al orgasmo. Luego, la miró.

–Eres increíble, *yineka mou*.

Cass tendría que preguntarle qué significaban esas palabras griegas, pero no en ese momento. Lo único que quería era descansar.

–Impresionante –añadió él, mirándola con una ceja arqueada, y la besó.

Capítulo 10

NEO se quedó tumbado junto a Cassandra, viéndola dormir. Él había insistido en que se diera un baño con sales después de hacer el amor y, luego, la había metido en la cama, donde les habían llevado la cena. A pesar de que él lo había deseado, no había intentado repetir la experiencia y había dejado que ella durmiera.

Sin embargo, él no podía. Estaba demasiado conmocionado por lo sucedido.

¿Desde cuándo cuidaba él a sus compañeras sexuales? Además, nunca había dormido con ellas.

No era un amante egoísta, pero siempre había evitado cualquier manifestación de intimidad, compensándolo con caros regalos. Su relación con Cassandra era peligrosa, reconoció para sus adentros.

Ella se merecía ser mimada. No había duda. Y, tal vez, eso era lo que le estaba impulsando a hacerlo. Quería reparar de alguna forma los daños que Cassandra había sufrido en su vida.

Cassandra no había recibido ni mimos ni cuidados en su vida, lo que había sido tremendamente injusto. Su madre había sido una inválida y, en vez de dar a la pequeña Cassandra un poco de cariño y atención, sus padres la habían lanzado al ruedo de los escenarios, por mucho que a la niña le había aterrorizado actuar en público.

A pesar de haber crecido en las calles, con una breve estancia en el orfanato, Neo sabía que aquel no era un comportamiento aceptable para unos padres.

Por otra parte, se alegraba de que su padre estuviera muerto porque, de otro modo, se hubiera sentido tentado de ir a buscarlo y golpearlo. En ese sentido, tampoco el manager de Cassandra estaba muy a salvo. Tenía tentaciones de ir a por él, pero prefería centrar sus energías en ayudar a Cassandra a retomar las riendas de su vida.

Para empezar, iba a ayudarla a hacer algo a lo que ella había renunciado: viajar.

Cassandra había parecido tan emocionada ante la perspectiva de ir con él a Dubai, incluso a Napa Valley... Neo no había imaginado que ella amara tanto viajar.

Pero, según parecía, había encontrado algo placentero en sus giras, la posibilidad de conocer nuevos lugares.

Y él estaba decidido a que disfrutara de ese placer de nuevo.

Por la mañana, revisaría su agenda para ver cuándo podían hacer el viaje a Napa Valley. Tendría que ser pronto porque, si al final tenía que ir a Dubai, eso sería el mes siguiente. Y había muchas posibilidades de que tuviera que ir. Deseaba llevar a Cassandra con él, quería ofrecerle experiencias agradables.

Además de sexo fantástico.

Y, quizá, le encontraría un nuevo manager, al

guien que supiera tratar a Cassandra como a una persona, no como mercancía.

Cass se despertó en una cama desconocida por
primera vez desde que había dejado de dar conciertos por el mundo. Era una cama cómoda, con sábanas suaves. Sintió deseos de volverse a dormir, envuelta a una sensación de calidez y seguridad…

Hasta que su mente despertó del todo y se dio
cuenta de dónde estaba.

¡En la cama de Neo!

Aún podía percibir su olor y calor en las sábanas, pero Neo ya no estaba ahí.

Neo había dormido con ella. Recordó cómo él la
había besado con ternura y le había deseado buenas
noches.

Cass se sentó en la cama y se dio cuenta de que
le había sentado muy bien el baño de sales que se
había dado antes de dormir. Neo había insistido en
ello.

La había cuidado muy bien. Y, para colmo, después del baño él la había llevado de vuelta a su
cama, cuando Cass había esperado dormir en la habitación de invitados. La había llevado a su cama,
sin el menor titubeo.

Y, a pesar de que ella nunca había dormido en la
misma cama que otra persona, había descansado
profundamente. Solo se había despertado una vez
en medio de la noche, para descubrir el cuerpo de
su amante abrazado al suyo en actitud protectora.

Cass adivinó que Neo no solía dormir con sus
amantes y se dijo que, tal vez, no se repetiría de

nuevo con ella. Sin duda, él había hecho una excepción porque se trataba de su primera vez.

Era un hombre encantador.

–¿Qué te hace sonreír así? –preguntó Neo desde la puerta, ya vestido y listo para ir al trabajo.

–Tú –admitió Cass–. Eres un hombre muy amable, Neo Stamos, as de los negocios.

–Dora tiene el desayuno preparado para ti –señaló él con una sonrisa.

Cass miró a su alrededor, pero no vio ningún reloj.

–¿Qué hora es?

–Las siete y media.

–Pareces listo para ir a trabajar.

–Lo estoy. Me he levantado tarde, pero ahora tengo una reunión a la que debo asistir.

–¿Puedo regresar hoy a mi casa? –preguntó Cass, temiendo la respuesta.

–Claro que sí. El equipo de Cole terminó con las instalaciones ayer por la noche.

–No me dijiste nada.

–Estaba disfrutando mucho de tu compañía –replicó él, encogiéndose de hombros.

–Bueno, hoy tendría que volver para seguir trabajando con mis composiciones.

–Termina lo que tengas que hacer antes del viernes.

–Ya estás hablándome otra vez como si fueras mi jefe.

–Es inevitable, soy un as de los negocios, ¿recuerdas?

–¿Eso crees?

–Lo sé.

–Pero no esperes conseguir siempre lo que quieres.

–Pero no esperes que no lo intente.

Cass rio sintiéndose más libre que nunca.

–¿Qué pasa el viernes?

–Nos vamos a Napa Valley después de cenar para pasar allí el fin de semana.

Cass se levantó de la cama de un salto. No había creído que él hubiera dicho en serio lo de viajar juntos.

–¿Lo dices de verdad?

–He avisado ya a mi piloto y le he pedido a la señorita Parks que alquile una casa para el fin de semana.

–¿Te ha dado tiempo a todo eso esta mañana?

–Les escribí un mensaje anoche, después de que te durmieras.

–Pero no hay mucho tiempo para prepararlo…

–El dinero…

–Lo puede todo –le interrumpió ella–. ¡Eres increíble! ¡Gracias!

Neo aceptó el abrazo entusiasmado de su amiga sin dudarlo, pero no la besó.

–No puedo dejar que me seduzcas con tus labios esta mañana.

–¿Crees que mis labios son seductores?

–Sin duda.

–Me alegro de saberlo –repuso ella, feliz.

–¿Por qué?

–El conocimiento es poder.

–Eso dicen –repuso Neo y la miró de arriba abajo. Cassandra llevaba una camiseta que él le había prestado para dormir y las piernas desnudas–. Si no tuviera que ir a esta reunión, te llevaría a la cama de nuevo y te haría gritar de placer, que lo sepas.

–Vaya. Quizá podamos hacer eso en California el fin de semana –sugirió Cass.

–Dalo por hecho –dijo él y respiró hondo–. Ahora me voy. No te dejes intimidar por Dora. Es mi ama de llaves, por lo tanto no es una desconocida.

–Entendido –aseguró Cass. Confiaba tanto en Neo, que el hecho de conocer a alguien nuevo en su casa no le produjo la más mínima ansiedad.

–¿Te parece bien que te lleve ella a tu casa?

–No creo que eso forme parte de sus obligaciones, ¿no?

–Pensé que te sentirías más cómoda con ella que con mi chófer habitual –comentó Neo, encogiéndose de hombros.

–Así que tienes chófer.

–Sí. Aunque también me gusta conducir.

–Y te gusta ser puntual. Vete.

Neo meneó la cabeza y se acercó a ella para plantarle un fuerte beso en los labios. Luego, se dio media vuelta y salió del dormitorio.

–Vaya –dijo Cass, a solas, tocándose los labios–. ¡Vaya!

Dora resultó ser una mujer griega de unos cincuenta años con el pelo gris recogido en un moño. Tenía una sonrisa amable y parecía dispuesta a alimentar a medio mundo con sus comidas. El desayuno que le había preparado a Cass era lo bastante abundante como para todo un ejército.

Cuando Cass se lo comentó, el ama de llaves sonrió.

–Algún día, ese hombre –dijo Dora, señalando

con la cabeza la puerta por la que Neo había salido–
sentará la cabeza y me dará algunos bebés para los
que cocinar.

Cass imaginó a dos pequeños niños con ojos
verdes, esperando a que su hermana terminara la
cena para que los tres pudieran levantarse e ir a jugar. Deseó poder ser la madre de esos pequeños.

–Sería un padre maravilloso.

–Pero él no lo cree –señaló Dora y sirvió una
taza de café–. ¡Hombres!

–Yo no tengo mucha experiencia con ellos –admitió Cass, riendo.

–Tú eres la pianista. El señor Neo me ha hablado de ti. Me gusta tu música.

–Gracias.

–Tendrás que reducir tu ritmo de trabajo cuando
tengas hijos. Dos discos al año.

–Dudo que tenga niños nunca, pero, si los tuviera, no me importaría nada trabajar menos, por su
bien.

–¿Por qué no ibas a tener niños?

–Algunas personas nunca encuentran a esa persona especial con quien compartir su vida. Y no me
gustaría ser madre soltera –contestó Cass.

–Eres un poco tímida. He leído tu biografía. No
a todo el mundo le gusta ser el centro de atención.
Serás una excelente madre, ya lo verás.

Cass sonrió, deseando con todo su corazón que
las palabras del ama de llaves se cumplieran. Pero
era un sueño al que ella no podía aspirar, se dijo.

–Neo me ha dicho que me llevarás a casa esta
mañana.

–Sí. Él pensó que no te gustaría ir con su chófer.

–Tiene razón. A veces me siento intimidada por los desconocidos.

–Sí, claro. No tiene nada que ver con el hecho de que su chófer es un joven muy atractivo. Por supuesto que el señor Neo no ha pensado en eso, seguro.

–No creo que Neo sea celoso –señaló Cass, muerta de risa.

Dora emitió un sonido de desacuerdo y le dijo a Cass que se terminara el desayuno.

Cole Geary estaba esperando a Cass cuando ella llegó a su casa.

Dora no tenía intención de dejarla a solas con un hombre. El ama de llaves era muy tradicional. Pero, por otra parte, no parecía pensar mal de Cass por haber pasado la noche con su jefe.

Cole guio a Cass por la casa, mostrándole los cambios, que eran bastante discretos. Lo más difícil iba a ser acostumbrarse al sistema de alarma, pensó ella.

–Me resulta extraño pensar que estas ventanas no se romperían si el vecino estrellara un balón en una de ellas –comentó Cass.

–Se acostumbrará a ello.

–El señor Neo tiene cristales antibalas en el balcón. Se limpian como cualquier otra ventana –indicó Dora.

–Es material de alta calidad –aseguró Cole, orgulloso de ello–. El mismo que se utiliza en casa del presidente del país.

–Neo se toma la seguridad muy en serio –observó Cass.

–Tiene que hacerlo.

–A veces, olvido que es un poderoso empresario –comentó Cass.

Cole la miró como si estuviera loca, pero Dora sonrió con gesto de aprobación.

Después de ver todas las mejoras de seguridad, Cass ofreció café a Dora y a Cole. Cole declinó la invitación, pues tenía otra cita. Dora aceptó, ofreciéndose a preparar el café mientras Cass se cambiaba de ropa.

Mientras se vestía por segunda vez esa mañana, a Cass se le ocurrió que, tal vez, podría tener otra amiga más, aparte de Neo.

El teléfono sonó esa noche justo cuando Cass iba a acostarse. Era Neo.

–Dora me ha dicho que Cole te mostró los cambios.

–Sí. Están mejor de lo que esperaba. Incluso han pintado los marcos de las ventanas del mismo color que estaban. Apenas se nota la diferencia.

–Te lo dije.

–No me lo restriegues, tonto.

–¿Estás llamando tonto al gran Neo Stamos?

–Lo decía en broma, Alteza.

Neo rio.

–¿Llegaste a tiempo a la reunión de esta mañana?

–Por supuesto –afirmó él–. Pero no tuve tiempo de hacer los preparativos habituales.

–Lo siento.

–No pareces sentirlo tanto.

–¿Qué esperas? He influido en el rígido horario de Neo Stamos. Eso es bastante impresionante.

–Estás orgullosa de ti misma, ¿verdad?

–Claro que sí.

–Y yo.

–¿Sí?

–¿Cómo puedes dudarlo, después del honor que me hiciste anoche?

–¿Fue un honor?

–Un gran honor.

–Entonces… no has tenido muchas experiencias con vírgenes, ¿no?

–No, pero lo más importante es que nunca he hecho el amor con una mujer que me haya calado tan hondo como tú. Además, sé que confías en mí. Vas a viajar conmigo a Napa Valley.

–Lo dices como si fuera a hacerte un favor y los dos sabemos que es al revés –señaló Cass y, por primera vez en años, sintió que estaba disfrutando de la vida de verdad y no solo a través de su música.

–Aprecio mucho cada vez que me concedes tu tiempo.

–Tu cerebro no funciona como el de otros hombres.

–¿Y te das cuenta ahora?

–No seas pesado.

–Se me da bien serlo.

–No. Puedes ser autoritario, exigente, brillante. Pero no pesado.

–Quizá sea un talento que solo exhibo contigo.

–Sigo sin poder creer que me sacaras de mi casa ayer –comentó ella tras una pausa.

–¿Lo lamentas?

–En absoluto.

–Bien.

–¿Vendrás a clase de piano la semana que viene? –quiso saber Cass.

–Sí.

–Prometo no perder el tiempo charlando –bromeó ella.

–Yo no.

–¿No?

–No. Me resulta muy agradable charlar contigo. Y besarte.

–Si esperas besos y… otras cosas… es mejor que vengas con más tiempo porque me propongo que aprendas más acordes.

–Eres una tirana.

–Ya había oído eso antes en boca de otros alumnos y te diré qué les suelo responder.

–¿Qué?

–Pagaste las clases para aprender a tocar el piano y no para sentarte delante a mirarlo.

–En realidad, yo no pagué las clases.

–A Zephyr no le gustaría saber que sus clases se están malgastando.

Neo dijo algo en griego y ella rio.

–Creo que prefiero no saber lo que has dicho.

–Sin duda, yo no quiero traducírtelo.

–¿Palabras groseras?

–Quizá, un poco. Puedes sacar a un muchacho de las calles, pero no puedes sacar las calles de dentro de un muchacho.

–Eso no lo creo. Has llegado demasiado lejos como para verte a ti mismo como un huérfano callejero.

—No olvido mis orígenes. Me motiva para conseguir más en el presente.

—¿Alguna vez te darás por satisfecho con lo que tienes?

—Es curioso, pero Zee me preguntó lo mismo hace poco —señaló Neo con tono serio.

—¿Qué le respondiste?

—Que él era como yo.

—Eso no es respuesta.

—No lo sé.

Cass lo entendió. Lo que no sabía Neo era si alguna vez tendría suficiente con su éxito.

—Lo siento —dijo ella.

—Vaya, parece que lo dices en serio.

—Deberías estar contento con lo que has logrado hacer de tu vida, orgulloso de ti mismo, pero sigues intentando probarte algo.

—No es algo en lo que me haya parado a pensar.

—Quizá, deberías hacerlo.

—Tal vez, pero ahora mismo estoy demasiado ocupado pensando en cómo organizarme para tener bastante tiempo para ti y para mi clase la semana que viene.

—Céntrate en despejar tu agenda para el fin de semana. Eso es lo primero —aconsejó Cass. Lo más probable era que Neo se cansara de ella y ya no tuviera tantos deseos de hacer nada más que dar la clase el próximo martes, pensó.

Neo la llamó a la mañana siguiente para recordarle que apagara el sistema de alarma antes de salir. Llamó de nuevo después de comer para preguntarle qué tal iba su composición musical. Ella le prometió que, si la terminaba, la tocaría para él el fin de semana.

Y, cuando estaba preparándose la cena, sonó el teléfono por tercera vez en el día y Cass no se sorprendió.

–Hola, Neo.

–¿Cómo sabías que era yo?

–Nadie me llama, excepto mi manager y la gente del sello musical. Y nadie llama después de las cinco de la tarde, solo tú trabajas más allá de esa hora.

–Hablando de trabajo, han cancelado la teleconferencia que tenía prevista para esta noche. ¿Me invitas a cenar?

–¿No te ha preparado ya la cena tu ama de llaves?

–Se puede guardar para mañana.

–¿Y no prefieres cenar fuera? –preguntó ella, sintiéndose insegura.

–Me gustaría más estar contigo.

Maldición, pensó Cass. Neo era un hombre perfecto. Aquel sentimiento que ella no sabía cómo catalogar no hizo más que fortalecerse.

–Entonces, estás invitado.

–Estaré allí dentro de treinta minutos.

–Aquí te espero.

Neo cumplió su palabra y llamó al timbre veintinueve minutos después.

–Huele bien –comentó él, siguiéndola a la cocina.

–Es solo pasta con pollo –repuso Cass y agarró la fuente para dirigirse al salón, pero no se detuvo ante la mesa–. Como hace una noche tan buena, había pensado que podíamos cenar en el patio trasero. No hay ventanas a prueba de balas, pero creo que, por una noche, sobreviviremos.

–No dejes que te oigan mis guardaespaldas –dijo él, riendo.

–Claro que no –repuso Cass, de buen humor–. Bueno, cuéntame cómo va tu proyecto en Dubai.

Cass le sirvió pasta a Neo, mientras él le servía ensalada a ella. Los dos actuaban con total naturalidad, como si llevaran años comiendo juntos.

Neo le habló de Dubai, dejándola ensimismada al contarle el gran proyecto que estaba construyendo allí.

–Suena muy bien.

–Esa es la idea.

–Eres un verdadero visionario, ¿no es así?

–Tienes que ver lo que puede ser, no lo que es, si quieres llegar a lo alto –afirmó Neo.

–No te dejas limitar por lo que hacen los demás –observó Cass. Eso era algo que admiraba mucho en él.

–Zephyr y yo nos hemos labrado un nombre en los negocios pensando de forma diferente y haciendo proyectos en los que nadie más había creído.

–Así es como yo entiendo la música, como algo demasiado dinámico como para ser encajonado dentro de un conjunto de parámetros preconcebidos –indicó Cass.

–Sin duda, por eso tu música me gusta tanto.

–Gracias.

–No me imagino a tu padre animándote a alejarte de la música clásica.

–No –dijo Cass. Su padre no la había animado a componer, tampoco. Él había creído que eso la hacía distraerse.

–¿Y cómo empezaste a componer música New Age?

–Escuché un disco de George Winston cuando

tenía diez años y me encantó. Su música tiene mucho en común con los compositores clásicos, pero él tomó una nueva dirección. Al escucharlo, supe que yo quería hacer lo mismo –explicó Cass. Por muchas discusiones que eso hubiera provocado entre su padre y ella, nunca había abandonado su faceta creativa.

–Y el resto del mundo nos beneficiamos de ello.

–Lo que me gustaría es tener una voz como la de Enya para añadirla a mi piano –comentó ella, agradecida por el cumplido.

–Tu piano no la necesita.

–Es mejor que tengas cuidado. Puedo hacerme adicta a halagos como ésos.

–¿Y cuál es el problema?

–Puede serlo, solo para mí.

–No hay ningún problema siempre que yo esté cerca para halagarte.

–Eso es –contestó Cass. ¿Durante cuánto tiempo iba a ser eso?, se preguntó.

Capítulo 11

DESPUÉS de cenar, Neo alabó su talento en la cocina y le prometió devolverle la invitación. Debía de ser el único millonario del mundo que se ofrecía a cocinar él mismo, pensó Cass.

Los dos se dirigieron a la sala de música. Neo pasó la mano sobre el Fazioli.

—¿Tocas para mí?

Complacida por la petición, Cass se sentó ante el piano y empezó a pulsar sus teclas, dejándose llevar.

—Con mucho gusto.

—¿Lo dices de veras? —preguntó él con gesto serio.

—Sí. Quiero tocar para ti.

—¿Tengo que sentarme en ese sofá de ahí?

—No, si no quieres —dijo ella.

Neo se sentó a su lado en el banco del piano, haciéndola sentir completa de un modo en que solo su música había logrado hasta entonces.

—Tu cercanía me hace distraerme así que, si me equivoco, no es culpa mía —comentó ella sonriendo.

—Entonces, estamos en paz.

—¿Yo te distraigo?

–Sí, estés cerca o estés lejos –admitió Neo, sorprendiéndose a sí mismo al aceptarlo.

Cass no respondió. Era una revelación bastante significativa para ella. Comenzó a tocar. Una melodía de los años 1940 con toques románticos.

Neo escuchó en silencio con una sonrisa.

–Me gusta, pero no reconozco esta canción.

–Era famosa en la década de los cuarenta.

–¿Lo dices en serio?

–Sí.

–Quizá debería expandir mis horizontes musicales.

–Yo puedo mostrarte estilos nuevos y otros que no conozcas.

–Si cometieras algún error al tocarla, yo no me daría cuenta, ¿lo sabes?

–Quizá, por eso la he tocado –replicó ella, sonriendo.

–Tal vez, es hora de que te lo ponga más difícil.

Antes de que Cass pudiera preguntar a qué se refería, Neo la rodeó con su fuerte brazo por la cintura y le acarició el estómago con el dedo pulgar.

–Esto sí que es ponérmelo más difícil –señaló ella, sintiendo que sus dedos se volvían torpes en el teclado.

–¿Quieres que pare?

–No –respondió Cass. Ella podía tocar el piano en sueños. De ninguna manera iba a impedírselo la cercanía de él.

Cass se concentró en la canción e intentó ignorar las caricias de su mano, pero, cuando él la besó en la sien, se quedó petrificada.

–Creí que querías que tocara para ti.

–Así era, pero he descubierto que hay otras cosas que deseo más todavía.

–¿Qué cosas?

–Por ejemplo, esta –dijo Neo y la besó en la boca.

–Oh.

Antes de que Cass pudiera reaccionar, los dos estaban ante el dormitorio. Neo la había llevado en brazos y ella había estado demasiado ocupada besándolo y acariciándolo como para poner ninguna objeción.

–No pensaba hacer esto –aseguró Neo cuando Cass estuvo desnuda debajo de él.

–¿Por qué no?

–Necesitas tiempo para recuperarte de anoche.

–Estoy bien –afirmó Cass. Sentía un poco de escozor, pero no tanto como para impedirle experimentar el intenso placer que había sentido la noche anterior.

Pero el placer no fue como la noche anterior, sino mayor. Cass gritó el nombre de él cuando llegó al clímax y también momentos después, cuando tuvo un segundo orgasmo al mismo tiempo que él.

Neo la abrazó después, mientras el cuerpo de ella seguía siendo recorrido por espasmos de placer.

–Si alguna vez te cansas de ser empresario, tendrías mucho éxito como gigoló.

Neo rio.

–Seguiré dedicándome al placer gratuito, gracias.

–Mejor. No creo que pudiera pagarte.

–Estás loca.

–Eso dicen –repuso Cass.

–No quería decir eso. No creo que estés loca.

–Gracias –contestó Cass, sinceramente agradecida porque la tratara como si ella fuera normal.

–Es un placer.

–Vaya, creo que el placer es mutuo –comentó ella, sonriendo.

–Sí.

–En serio, si hubiera sabido que el sexo era tan maravilloso, habría aceptado tenerlo cuando alguno de mis admiradores me lo propuso –bromeó Cass.

–No habría sido igual.

–¿Porque nadie se puede equiparar al gran Neo Stamos?

–Porque nadie me ha dado nunca el placer que encuentro contigo. Lo que compartimos, Cassandra, es muy especial.

Cass no supo qué decir como respuesta, sin revelar la profundidad de sus sentimientos. Así que se quedó callada, pero lo besó, comunicándole con el beso todo el amor que no era capaz de expresar con palabras.

–No debería quedarme a dormir –dijo él.

–¿Por qué?

–Tengo que estar en el despacho a las seis de la mañana para una llamada.

–¿Tan pronto?

–Es por las diferencias horarias.

–Entiendo. Podrías irte temprano –sugirió ella, sin estar segura de si él quería quedarse o no.

–¿No te importa que te despierte cuando me levante?

–No me importa –repuso ella, sin pensárselo.

–Entonces, me quedaré a dormir. Gracias.

Cass estaba encantada de que él se quisiera quedar. Solo había pasado una noche entre sus brazos, pero se estaba haciendo adicta demasiado rápido. Era la primera vez que alguien se había quedado a dormir en su casa y, en vez de sentir ansiedad, estaba emocionada.

Neo no la despertó al levantarse. De hecho, Cass apenas se dio cuenta cuando él la besó para despedirse.

Como el día anterior, la llamó varias veces a lo largo del día para ver cómo estaba.

–¿Por qué no admites que llamas solo para oír mi voz? –bromeó ella.

–¿Y si lo hiciera?

–Me derretiría todavía más por ti.

–Entonces, será mejor que no lo admita.

¿Llamaría él solo para escuchar su voz?, se preguntó Cass. Lo cierto era que a ella le encantaba la de él. Adoraba escucharlo.

El viaje a Napa Valley fue increíble. La casa que la señorita Parks les había elegido era preciosa, con un enorme dormitorio principal y jacuzzi para dos personas. El salón era como un paraíso romántico, adornado con velas y con chimenea.

Cass descubrió que volar en el avión privado no le producía agorafobia. También averiguó que era tan divertido hacer el amor en el salón como en el dormitorio o contra una pared. Sedujo a Neo en la piscina, pero decidió, después de casi ahogarse, que el jacuzzi era una mejor opción.

Cass durmió durante todo el viaje de regreso. Neo trabajó.

Durante los días siguientes, Neo no mostró signos de estarse aburriendo de ella. Siguió llamándola durante el día, yendo a dormir a casa de ella o invitándola a la suya por las noches. A ella le encantaba nadar en la piscina, así que aceptaba encantada. Neo le pidió que siguiera usando el bikini que se había puesto el primer día y le dijo que lo guardaría en el vestuario privado para que nadie más pudiera ponérselo. Por si Zephyr tenía invitadas. Neo no estaba saliendo con nadie más.

Por eso, cuando un par de semanas más tarde, después de haber hecho el amor, Neo le sugirió que se sometiera a hipnoterapia, Cass no dio por hecho que él pensara que su cabeza necesitaba arreglo.

—Bob me lo sugirió hace un par de años, pero yo no acepté porque sabía que él solo quería conseguir que yo actuara en público.

—A mí no me importa si actúas o no. Si quisieras hacerlo, haría todo lo posible para ayudarte a conseguirlo, pero no quieres. Sin embargo, sé que sufres por las limitaciones que tus fobias implican.

—Me gustaría salir a cenar contigo a un restaurante sin sudar solo de pensarlo o sin temer que alguien me reconozca —reconoció Cass. En Napa Valley solo habían ido a cenar a un íntimo y tranquilo restaurante donde solo los camareros habían hablado con ellos.

Cass sabía que había podido hacerlo porque había estado con Neo. Su presencia le daba valor para probar cosas nuevas. Además, nunca la llevaba a sitios demasiado llenos, ni que pudieran despertar su agorafobia o miedo a no poder salir del lugar.

Neo era tan cuidadoso con ella… Cass se sentía mimada a su lado.

–A mí también me gustaría –dijo él, sin dejar de abrazarla.

–¿Has pensado en alguien?

–Claro.

–Claro –repitió ella, riendo–. Nunca sugieres nada que no tengas bien planeado.

–Se llama Lark Corazon y ella ha tenido mucho éxito tratando la agorafobia y otras fobias.

–¿La conoces?

Neo se encogió de hombros.

–Sí la conoces. La has visto. ¿Cómo es?

–Una persona normal.

–¿No tiene bolas de cristal en su despacho ni cortinas de colores colgando del techo?

–Creo que confundes una hipnoterapeuta con una adivina.

–Quizá. Tengo ganas de conocerla –afirmó Cass. Confiaba más en Neo y en sus sugerencias de lo que había confiado en nadie nunca.

–Sabía que dirías eso –señaló él, mirándola con aprobación–. Tenemos cita con ella mañana.

–¿Tenemos?

–No creerás que voy a dejarte sola, ¿verdad?

–Eres demasiado bueno conmigo, Neo.

–Para eso están los amigos.

–No lo sé. Nunca había tenido un amigo como tú.

–Lo mismo digo.

–El hipnotismo es… no lo sé.

–¿Diferente?

–Sí.

–Y asusta un poco, ¿no es así? –dijo él.

–Ya me asustan demasiadas cosas –replicó Cass. No quería añadir otra más a la lista.

–Pero la idea de ser hipnotizado impresiona un poco.

–Sí.

–¿Quieres que me quede durante la sesión?

–¿Lo harías?

–Sí.

Y así lo hizo Neo, sentado en una esquina durante la sesión. Su sólida presencia hizo que Cass se sintiera lo bastante segura como para responder a la terapeuta con sinceridad y para relajarse todo lo posible.

Un mes después, Cass y Neo estaban sentados a una mesa del restaurante que había en la planta superior de la torre Space Needle. Ella siempre había querido ir allí, pero no había sido capaz de lidiar con la idea de mezclarse entre la multitud y, menos aún, de sentirse atrapada en un restaurante al que solo se podía acceder por un ascensor.

Cass estaba radiante de felicidad.

–Lark dice que he sufrido tanto trauma con mis actuaciones públicas que harán falta meses o años para superarlo del todo.

–No es un problema. No es necesario que vuelvas a actuar en público si no quieres.

La alegría de Cass no hizo más que aumentar al escuchar a Neo. No había duda. Se había enamorado sin remedio del gran empresario griego. Su amigo chino había opinado lo mismo, cuando ella le había contado sus síntomas en una de sus cartas, igual que el resto de sus amigos en Internet. La única persona que no pensaría lo mismo era Neo.

Sin embargo, Cass no dejó que aquel pensamiento enturbiara su felicidad.

—Me encanta ser capaz de cenar aquí.

—Y yo disfruto viéndote feliz.

—Me has convencido de que no vas a cansarte de mí a causa de mis limitaciones. No sabes lo importante que es eso para mí.

—¿De qué iba a cansarme? Hemos ido a comprar un piano. Y a Napa Valley.

—Sí —repuso Cass. E iban a ir juntos Dubai para asistir a la inauguración de uno de sus complejos turísticos. El contratista había conseguido cumplir con lo acordado y Neo había decidido aprovechar para darle un poco más de tiempo a ella.

No era una esperanza vana pensar que, tal vez, Neo sintiera por ella algo más que amistad, se dijo Cass. En ocasiones, incluso estaba segura de que él correspondería sus sentimientos de amor, pero nunca había tenido el valor de confesárselos.

—Y ahora me vas a acompañar a ese acto benéfico.

—Lo que no entiendo es por qué quieres ir a una cena benéfica que cuesta quinientos dólares el plato, para recaudar dinero para el cuidado de los animales. Ni siquiera tienes perro.

—Ni pienso tenerlo, pero en cenas como éstas se hacen muchos negocios.

—Como en el golf.

—Un juego aburrido, pero se me da muy bien.

—Cualquier cosa con tal de hacer negocios, ¿eh?

—Tal vez, por eso tu amistad es tan importante para mí. Me pertenece solo a mí. No al negocio.

Al escucharlo, Cass se sintió invadida por una

gran calidez. Pero ella deseaba mucho más que una amistad. Le dolía pensar que un día él podía enamorarse de otra mujer y olvidarse de ella.

Esa noche, Cass decidió expandir su repertorio sexual y acercó su boca a la erección de él.

–¿Qué estás haciendo? –preguntó Neo, arqueando el cuerpo, sorprendido.

–Creo que se llama...

–Sé cómo se llama –le interrumpió él, riendo–. Me sorprende que hayas decidido hacerme este regalo.

–¿Por qué? –replicó ella y lo lamió, saboreándolo–. Llevo tiempo queriendo hacerlo.

Cass se introdujo la erección de él en la boca y la rodeó con su lengua.

–Sabes bien –dijo ella y lo chupó.

Neo gritó de placer, levantando las caderas. Cass envolvió el miembro de él con la mano, para evitar que entrara en su boca con demasiada profundidad.

Cass había leído que era mejor no dejarle llegar al orgasmo de inmediato, sino intensificar el efecto. Y eso hizo. Lo que no esperaba era que Neo la agarrara y la arrastrara encima de él para penetrarla. Un segundo después, se quedó petrificado y maldijo.

–Me he olvidado el preservativo.

–No importa. Llevo varias semanas tomando la píldora.

–No me lo habías dicho.

–No es algo que se cuente así como así.

–Es algo que tienes que contarle a tu pareja para que no le dé un ataque al corazón por hacerte el amor sin protección.

–Te lo acabo de decir.

Neo siguió moviéndose dentro de ella y ambos llegaron al clímax en pocos minutos. Después, Cass se acurrucó a su lado y se durmió, satisfecha de sí misma.

Neo estaba sentado en el borde de la piscina con Zephyr.

–¿Cómo van las cosas entre Cass y tú? ¿Sigues dando clases de piano?

–Sí –repuso Neo. Aunque muchas de las clases las había pasado en la cama de ella.

–¿Vais en serio?

–¿En serio? Somos amigos.

–Que duermen juntos casi todas las noches.

–¿Cómo lo sabes?

–No estoy ciego.

–Es mi amiga –señaló Neo, encogiéndose de hombros.

–¿Y no te importaría si ella tuviera más amigos?

–No tiene más amigos –repuso Neo. Pero, según ella fuera superando su agorafobia, eso podía cambiar, pensó.

–No te has acostado con nadie desde que la conoces.

–Me he cansado de las aventuras de una noche.

–¿Pero no quieres tener con Cass nada más que una amistad?

–¿Qué otra cosa puede haber?

–Matrimonio. Hijos.

–¿Te has vuelto loco? No tengo tiempo para eso. Además, las cosas están bien así entre Cassandra y yo.

–¿De verdad?

–Yo no quiero nada más.

–¿Estás seguro?

–Sin duda.

–Pues creo que Cassandra no piensa lo mismo.

–¿Por qué lo dices?

–Porque acaba de entrar hace unos minutos a la piscina y ha oído casi toda nuestra conversación. Eso creo, por la forma en que ha salido de aquí corriendo como si estuviera muy afectada.

–¿Por qué no has avisado? –le increpó Neo, poniéndose en pie.

–Porque no me ha dado tiempo. De todas maneras, no has dicho nada que ella no supiera, ¿no?

–Has dicho que parecía afectada.

–Así es. Creo que lo de ser amigos igual no basta para ella.

–Eres un manipulador –le acusó Neo.

–Solo estaba hablando contigo.

–Y metiéndote en cosas de las que es mejor no hablar. Quizá, deberías meterte en tus asuntos.

–Quizá, en vez de gritarme, deberías ir a arreglarlo.

–¿Cómo?

–Empieza siendo sincero contigo mismo.

Neo se contuvo para no darle un puñetazo a su amigo. Aunque lo cierto era que estaba enojado consigo mismo, no con Zee.

Cuando el amor se había presentado en su vida, él no había hecho más que ignorarlo, reconoció Neo para sus adentros. Había negado sus propios sentimientos y su deseo de tener una familia y de amar, de tener lo que nunca había tenido en su vida.

¿Por qué lo había hecho? Él, Neo Stamos, el millonario, había tenido miedo. Miedo de no ser digno de su amada pianista, igual que no había sido capaz de ganarse el amor de sus padres. Pero, como adulto que era, debía darse cuenta de que había sido culpa de sus padres, no de él, el que no lo hubieran amado.

¿Y acaso no le debía a Cassandra algo más que un corazón de niño lleno de resentimientos?

Cass entró en su casa con lágrimas corriéndole por las mejillas. Sabía que Neo solo la quería como amiga, pero no había podido evitar albergar esperanzas ni dejarse llevar por sus fantasías.

Neo había pasado mucho tiempo con ella, la había estado llamando varias veces al día. Seguía aprendiendo a tocar el piano. Hacían el amor y dormían juntos casi todas las noches. Pero la realidad era que, para él, su relación no era más que de amistad.

Y el problema era que ella lo amaba con todo su corazón. Quería casarse con él. Quería tener hijos y ayudar a Dora a prepararles las comidas.

Quería muchas cosas que sabía que nunca tendría. Ella no estaba a la altura de un multimillonario que podía tener a cualquier mujer que quisiera. Él no elegiría a una mujer que temía asistir a cenas de negocios y hacer apariciones públicas. Neo actuaba como si eso no le importara, porque eran solo amigos. Ir más allá sería impensable para él.

Cass miró a su alrededor en la vieja casa. ¿Qué hacía viviendo todavía en casa de sus padres?

Aquellas paredes no guardaban ningún buen recuerdo para ella, se dijo.

Neo encontró a Cassandra en su pequeño estudio, ante el ordenador. Tenía los ojos enrojecidos de llorar.

—¿Estás planeando mudarte? —preguntó él al ver lo que Cass estaba mirando en Internet.

—¿Por qué no? Nada me retiene aquí.

—Yo estoy aquí —respondió Neo tras un momento, paralizado por la tristeza.

—¿Durante cuánto tiempo?

—¿Qué quieres decir?

—Algún día te cansarás de mí y empezarás a salir con otras mujeres.

—Podríamos seguir siendo amigos —repuso él, que aún no estaba preparado a admitir sus sentimientos.

—No.

—¿No?

—Bueno, quizá. No lo sé. Has hecho mucho por mí y eres el mejor amigo que he tenido. No menosprecio tu amistad, pero no sería capaz de soportar que salieras con otras mujeres —confesó Cass, llena de dolor.

—No tendrías que hacerlo. ¿Tú quieres seamos más que amigos? —dijo Neo, intentando poner en orden sus argumentos para no perder a la persona más importante de su vida.

—¿Qué más da? Tú no quieres. Lo has dejado muy claro.

—Quizá, me equivoqué —admitió Neo—. ¿Qué es el amor?

–¿Cómo dices? Tú sabes qué es el amor –repuso Cass, mirándolo atónita.

–No, la verdad es que no lo sé. Nunca había estado enamorado y nadie me había amado.

–Zephyr te quiere como a un hermano.

–No tengo deseos de casarme con Zephyr.

–Tampoco conmigo.

–Te equivocas.

–¿Qué?

–Quiero casarme contigo. Pero pensé que no tenía derecho a pedírtelo.

–¿Por qué dices eso? –preguntó Cass con lágrimas en los ojos.

–Entiendo los negocios, pero el mundo del amor se me escapa por completo.

–Has sido muy bueno conmigo, no entiendo por qué cuestionas tu habilidad para amar.

–¿Crees que he sido bueno contigo?

–¡Sí!

–Bien –dijo él, aliviado.

–Neo, aunque solo somos amigos, me tratas como a una princesa. Serías un esposo y un padre excelente.

–No somos solo amigos –señaló él con voz seria.

–¿Ah, no? –preguntó Cass, esperanzada–. Entonces, ¿qué somos?

–Todo. Tú lo eres todo para mí y eso es lo que quiero ser para ti.

–Ya lo eres –afirmó Cass y agarró la cara de él entre las manos–. Neo, eres todo lo que había soñado. Te amo con todo mi ser.

–Te amo –replicó Neo, mirándola a los ojos–. No te lo había dicho porque tenía miedo.

–¿De qué?

–De no ser digno de tu amor.

–Tus padres no te merecían a ti, no al revés –aseguró Cass, adivinando sus sentimientos. Ella entendía muy bien por qué Neo había albergado ese temor.

–Sí, lo entiendo con la cabeza, pero mi corazón no acaba de creérselo.

–Yo voy a hacer que lo entiendas también con el corazón. Te amo tanto, Neo…

–Te adoro, *yineka mou*, y siempre lo haré.

–Puede que, incluso con la hipnoterapia, siempre sea tímida. Nunca voy a ser una experta en relaciones públicas.

–Lo sé y no me importa. Te quiero a ti. Quiero a una mujer que me ayude a formar una familia distinta de las que ambos tuvimos.

Entonces, los dos se besaron con uno de los besos más profundos y sinceros de la historia. Un beso que hablaba de amor verdadero, de esperanzas y sueños hechos realidad.

–¿Qué significa *yineka mou*? –quiso saber ella cuando sus labios se separaron.

–Mi mujer.

–Oh, Neo, nunca hubo ninguna duda, ¿verdad? –dijo Cass, dejando de lado todos sus miedos.

–No, preciosa mía. He tardado que reconocer una verdad que me asustaba: tú me importas más que mi negocio y más que nada en el mundo.

–A mí me pasa igual contigo.

–Lo sé y me alegro tanto… –dijo Neo–. ¿Quieres ir a Atenas de luna de miel?

–Claro que sí. Podemos empezar a buscar uno de esos bebés que Dora piensa que vamos a tener.

–Esa mujer es bruja –comentó Neo, riendo.

Ninguno de los dos tenía mucha experiencia en el amor, pero lo repararían con la calidad de sus sentimientos y la sinceridad de sus corazones. Porque ambos lo eran todo el uno para el otro.

Bianca

**Sucumbió ante su seducción...
¡Y se quedó embarazada de un griego!**

AMOR EN LA NIEVE

JENNIE LUCAS

Era lo último que deseaba, pero el multimillonario griego Ares Kourakis iba a ser padre. Estaba dispuesto a cumplir con su deber y a mantener a Ruby a su lado, incluso a casarse con ella. Lo único que podía ofrecerle era una intensa pasión y una gran fortuna, ¿era suficiente para que Ruby accediera a subir al altar?

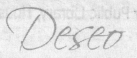

Deseo

*Un testamento que iba a traer
una herencia inesperada...*

SEIS MESES PARA ENAMORARTE

KAT CANTRELL

Para ganarse su herencia, Valentino LeBlanc tenía que intercambiar su puesto con el de su hermano gemelo durante seis meses y aumentar los beneficios anuales de la compañía familiar en mil millones de dólares, pues así lo había estipulado su padre en su testamento. Sin embargo, para hacerlo, Val necesitaría a su lado a Sabrina Corbin, la hermosa ex de su hermano, que era, además, una *coach* extraordinaria. La química entre ambos era explosiva e innegable... y pronto un embarazo inesperado complicaría más las cosas.

Bianca

Resistirse a su nuevo jefe era
lo primero de su lista...

EL PLACER DE TENERTE

CHANTELLE SHAW

Trabajar para el arrogante multimillonario Torre Romano era la
peor pesadilla de la tímida Orla. No había olvidado el terrible
golpe que le supuso que la rechazara. Por desgracia, su traicio-
nero cuerpo no había olvidado el intenso placer que se habían
proporcionado mutuamente. Viajar al extranjero con él y trabajar
hasta altas horas de la noche era una sensual tortura, sobre todo
porque Torre parecía dispuesto a tentarla para que volvieran a
jugar con fuego.

5